KB213202

오후
2시의
박물관

오후
2시의
박물관

지친 일상을 다독이는 마음 여행
뮤지엄 테라피

성혜영 지음

샘터

아직 더 비워야 할 게 남았을까

다시 청춘의 플랫폼에서

에필로그
버려야 할 삶이란 없다

기억의 정원을 거닐다

3년여 간 월간 〈샘터〉에 박물관 이야기를
썼다. 그동안 고3이던 아이는 대학 3학년이 되었고, 대학에 다니
던 아이는 사회에 첫발을 내디뎠다. 아이가 대학에만 들어가면,
하고 벼르던 일들이 참 많았다. 그런데 더 중요한 일이 날마다 생
겼다. 발 뻗고 싶어서 호시탐탐 누울 자리를 보고 있었지만, 누울
자리는 좀처럼 나지 않았다. 애매와 모호가 일란성 쌍둥이처럼
싸우며 죽어 갔다는 '나날'*은 결국 3년 전이나 지금이나 하나
도 달라진 것이 없다. 그 일상의 틈바구니에서 잠시 잠깐 마음을
놓았던 곳이 박물관이다.

아프리카 깊은 산 속에 아이가 태어났다
뉴욕의 고층 빌딩에서 고양이가 떨어졌다
가마쿠라鎌倉의 연못에 연꽃이 피어 있다

그때 난 아틀리에에 틀어박혀
하얀 캔버스 앞에서 심호흡을 하고
붓으로 커다란 점 하나를 찍었다

전시회에서 어떤 이는 이 그림을 아침이라 한다
어떤 이는 이것은 밤이라는 건가, 고 중얼거린다
또 어떤 이는 묵묵히 지나간다

아이와 고양이와 연꽃과 그림 따위가
천지에 문제 될 리야 없지 않은가
그래도 한바탕 웃으니 눈물이 나려 한다

이우환의 시 '무제'

그림을 그린 이가 보았던 세상은 그림에 드러나 있지 않고,
시를 썼던 이가 보았던 세상은 시에서 보이지 않는다. 유물이 겪
었던 세상에 대해서도 유물은 말이 없다. 보이는 세상이 그렇거
늘 하물며 그 속의 사람 마음이야! 근사한 이름표를 달고 있다
해도 박물관의 유물은 언제나 '무제'다. 그것은 아이와 고양이와

연꽃과, 아침과 밤…… 세상의 모든 기억이다. 시를 쓰던 이가 본 세상과 그의 염원이, 그림을 그리던 이가 본 세상과 그의 번민이, 내가 살았던 세상과 나의 꿈이 서로 만나기 전까지는 말이다. 그 기억의 정원에서 세상의 기억과 나의 기억이 만날 때 유물은 비로소 이름을 얻는다. 그것은 아침이거나 밤이거나 또 다른 그 무엇일 수도 있다.

처음부터 그렇게 기획된 것은 아니었지만 박물관에 가는 일이 거듭되자, 언제부턴가 박물관에서 마음을 다독이고 있는 나를 발견하곤 했다. 기억이란 꺼내 볼 때마다 다른 광채를 내는 프리즘 같아서 차마 드러내기 민망한 꿈도, 두고 온 사랑도, 상처도 그 속에서 반짝반짝 빛났다.

지붕을 걷어 내면 어디나 신들의 드라마가 있다던가. 누구의 삶인들 그렇지 않을까마는 아이가 속을 썩일 때, 남편이 남의 편 같을 때, 어디론가 숨고 싶을 때, 뭔지 모르게 지난 시간이 억울할 때, '세월의 강심江心' 아래로 가라앉은 추억이라는 보석을 꺼내 들고 박물관으로 가기도 했다.

그 기억의 정원에는 바람이 불고 슬픈 세간들이 어지러웠다. 영웅으로도 투사로도 살아 본 적 없는 데면데면한 나날들을 역사는 기록하지 않는다. 거대담론의 도도한 기록의 틈새에서 안타깝게 뒤척여 온 시시콜콜한 일상은 내가 위로하는 수밖에 없었다.

그 사소한 기록들을 '마음 여행'이라는 부제로 엮는다. 다소 은밀한 이 여행에 협조해 주신 박물관들, 열악한 환경에서도 홀

룽한 사진을 찍어 주신 한영희 선생님, 온갖 궂은일을 소리 없이 도맡아 준 이미현 씨께도 각별한 고마움을 전한다. 짧지 않은 기간을 여행하는 동안 전시의 내용이 달라진 경우도 있고, 마음 여행을 염두에 두고 쓴 글이기 때문에 박물관 자체의 소개는 충실하지 못한 부분도 없지 않다. 후일을 기약하기로 한다.

현실이 텍스트라던가. 내 글 속에서 왜 자기는 늘 악역이냐고 투덜거리는 남편이야말로, 미적지근한 체념 속에 안주하거나 세속적인 일상에 매몰되지 않을 수 있게 해준 '적당한 양의 분노와 증오심'의 원천이었다고 한다면, 덕담일까 악담일까. 일상과 존재의 경계에서 늘 가족의 한계를 절감하지만, 아슬아슬하게 쉰 고개를 넘고 보니 그 가족이야말로 긴 항해에서 배가 출렁거릴 때마다 침몰하지 않을 수 있게 해준 방향타였음을 깨닫는다.

누구나 자기 눈으로 인생을 본다. 그러나 '저 혼자 자유로워서는 / 새가 되지 못한다 / 새가 되기 위해서는 / 새를 동경하는 수많은 다른 눈[眼]들이 있어야 한다' (최승자의 시 '희망의 감옥' 중에서)던가. 이 여행의 기록이 자폐적 독백이나 공허한 외침이 아니라 스스로 깊어지는 강물 위를 살랑거리는 맑은 바람 한 줄기 될 수 있다면 참 좋겠다.

---

* 최승자의 시 제목. '옛날에 옛날에 / 애매와 모호가 살았는데 (…) 너는 왜 그리 애매하냐고 / 그럼 넌 왜 그리 모호하냐고, / 둘은 일란성 쌍둥이처럼 싸우며 죽어 갔다.'

내 마음의
빗장 열기

우리 중 몇 사람은 별들을 바라보고 있다.
그 몇 사람이 바로
'내'가 아닐 까닭은 어디에도 없다.

그 골목에 두고 온 것들
수도국산달동네박물관

시처럼 살고 싶었지만 유행가처럼 살

고 있다는 것을 자각한 지는 오래지만, 좋아하는 노래까지 구닥
다리로 바뀌기 시작한 것은 요즈음의 일이다. 한영애가 다시 부
른 옛 노래 〈비하인드 타임〉이나 이은미의 〈노스탤지어〉 등 리메
이크 음반들을 즐겨 듣다 보니 딸아이가 타박한다. 엄마 취향이
왜 그렇게 촌스러워졌느냐고. 어쩌겠는가. '노바디'보다 '운다고
옛사랑이'가 더 짠한 것을.

하긴 나도 '그때가 좋았지'를 달고 살던 어른들을 이해할 수
없던 때가 있었다. 먹성도 입성도 변변치 않았다고 하면서도 그
때를 추억하는 눈에는 광채가, 목소리에는 생기가 넘쳤으
니……. 그러나 현재로부터 도망치기 위해 미래나 과거를 만들
어 낸다는 말이 이해되는 순간이 내게도 왔다.

내가 의지한 것이 미래가 아니라 과거였으므로 나도 어른이
된 터였다. 지나간 바람은 춥지 않다던가. 과거는 더 이상 위협적
이지 않았다. 그것은 위로이자 또 다른 환상이었다.

인천의 수도국산달동네박물관. 궁핍한 시대의 흔적들이 고고
학이 되고 그리움이 되었다. 한때 아름다운 소나무 숲이었던 언
덕에 오르면 바다가 펼쳐졌다는데, 지금은 출렁이는 물결과 비릿
한 갯내 대신에 빽빽한 도심이 한눈에 들어온다. 강퍅한 삶의 바
다다.

일제 강점기에 인근의 바다가 메워지고 사람들이 이주하면서

마을 풍경은 달라졌다. 그 후 한국전쟁 피난민들이 모여들었고, 1960~70년대의 산업화와 함께 전국에서 일자리를 찾아 정착한 사람들로 산꼭대기까지 작은 집들이 들어차면서 전형적인 달동네가 되었다고 한다. 개항기에 수도국이 신설되고 배수지가 생기면서 이름도 바뀌었다. 옛 이름 '송현松峴' 혹은 '송림산松林山'과 새 이름 '수도국산'의 대비는 그 속의 삶의 변화만큼이나 드라마틱하다.

박물관에서 만나는 과거는 1970년대 어느 겨울날의 풍경이다. 도회의 한쪽, 소외된 산비탈을 오르면 이발관이 있고, 연탄가게가 있고, 솜틀집이 있고, 구멍가게가 있다. 남루한 빨래와 굴비가 함께 널려 있는 지붕 위 장독대, 푸세식 공동 화장실과 물지게, '반공방첩' '소변 금지' 등이 삐뚤빼뚤하게 적힌 익숙한 듯 낯선 전봇대, 간첩신고 표어와 〈하숙생〉 영화 포스터, '사글세' 광고 등이 어지러운 담벼락……. 궁핍한 시대의 편린들이 쓸쓸하면서도 반갑다.

실제 주민들의 유품과 살림살이를 그대로 옮겨 와 옛 동네를 재현했다는 점에서 '리메이크'라기보다는 복원에 가까운 박물관이다. '대지 이발관' 아저씨도 폐품 수집 아저씨도 모두 실존 인물에 기초해 만든 마네킹이라니 선한 눈빛 속에 서려 있는 애환이 더욱 설득력 있게 전해진다.

'은율솜틀집'의 주인은 아마도 실향민이었을 듯싶다. 누군가는 '눈보라가 휘날리는 바람 찬 흥남부두'를 떠나며, 누군가는 '단장의 미아리 고개'를 넘으며 새 삶의 의지를 다지지 않았을까? 유랑의 시대, 남루한 꿈과 사랑이 골목 곳곳에 절절하다.

뻥튀기 기계도 폐품 수집 아저씨의 손수레도 하루 일을 마감하는 저녁, 집으로 돌아가는 마음과 발길이 바빠진다. 달동네의 밤은 아이러니다. 달빛은 달동네를 밝히기는커녕 깊은 어둠을 비춘다. 흔들리는 30촉 전구 아래, 아들 손자 며느리 다 모여서 성냥갑을 만들고, 또 다른 단칸방 한구석에는 '성공'의 머리띠를 두르고 공부에 여념이 없는 집안의 기둥이 있다. 그러나 예고 없이 찾아오곤 했던 정전처럼 희망은 종종 끊어졌다. 어쩌다 박치기 왕 김일 선수의 레슬링 중계가 있는 날이면 텔레비전이 있는 집을 기웃거리는 것이 낙이라면 낙이었을까. 삽살개가 컹컹대는 밤, 텅 빈 골목을 휘돌아 가는 바람이 차갑기 그지없다. 그리고 삶은 계속된다.

2009년 오늘. '낙원구 행복동'* 골목을 누비던 아이들은 다 어디로 갔을까? 판잣집을 점령한 아파트에서 따뜻한 겨울을 맞고, 책상 앞에서 인터넷으로 세계의 이모저모를 실시간으로 즐기는 아이들을 둔 부모가 되어, 잘 먹고 잘 살고 있는 우리들이 아닌가. 지난 시대의 가난과 상처가 부끄럽기는커녕 위로가 될 줄이야.

'어떤 희망에도 말 걸지 않은 세월이 부지기수'**인 나날들이었다. 그러나 '절경은 시가 되지 않는다'**던가. 시가 되고 예술이 되고 드디어 박물관이 된 것은 절경이 아니라 '그늘'이었다. 우리의 마음을 적시는 것은 고상하고 화려한 박물관의 쇼 케이스 속에 방부 처리된 '예술'과 '전통'이 아니라, 만져질 듯 다가오는 구석구석의 인생 이야기다. 그 골목에 두고 온 그 시간의 그늘을 찾아 우리는 오늘도 과거를 기웃거리는 것이리라.

'우리 모두는 시궁창에 있다. 그러나 우리 중 몇 사람은 별들을 바라보고 있다.' (오스카 와일드) 그 몇 사람이 바로 '내'가 아닐 까닭은 어디에도 없다.

---

* 조세희의 소설 《난장이가 쏘아 올린 작은 공》의 마을.
** 문인수의 시 '배꼽' 중에서.

달동네로 가는 시간 여행

수도국산水道局山의 원래 이름은 만수산萬壽山 혹은 송림산松林山이다. 하지만 수도국이 있던 산이라 하여 붙여진 이름. 철거되기 전 수도국산 달동네의 옛 모습과 실존 인물이 복원, 전시되어 있다. 부모님 세대에게는 정겨운 시절로의 시간 여행을, 자녀들에게는 고단하지만 열심히 살았던 6070세대의 삶의 현장을 체험할 수 있는 공간이다. 수도국산 달동네란, 달동네 상점, 여럿이 사용하는 공간, 달동네 생활 엿보기 등으로 전시 공간이 구성되어 있다.

수도국산달동네박물관

이용 시간 09:00~18:00(입장 마감 17:30)
휴관일 매주 월요일, 1월 1일, 설날 · 추석 당일
관람료 일반 500원, 청소년 · 군경 300원, 어린이 200원
      10명 이상 단체 관람 시 50% 할인

가는 길
지 하 철 동인천역 4번 출구 → 역전샛길 → 송현시장 입구
      아치 → 온사랑교회

버   스 미림극장 앞 혹은 복음병원 앞에 하차하여 도보 7분

자 가 용 제1경인고속도로 가좌C(동인천 방향) → 재능대학
      앞 → 송림오거리 → 박물관
      제2경인고속도로 종점 → 동인천 방향 → 배다리삼
      거리 → 화도진길 → 박물관

인천시 동구 송현동 163번지
032-770-6131~4 www.icdonggu.go.kr/museum

희망의 심지여, 안녕

한국등잔박물관

'전쟁에 나가려거든 한 번 기도하라. 바다에 나가려거든 두 번 기도하라. 결혼을 하려거든 세 번 기도하라'는 러시아 속담이 있다. 사는 일이란 그렇게 기도하는 일의 연속일 터이다. 그런데 나는 요즘 시도 때도 없이 기도를 한다. 독실한 신앙심은커녕 특별히 종교도 없는 내가 기도라는 것을 하게 된 것은 딸아이 때문이다. 아이를 키우는 일은 그러니까 전쟁보다 풍랑보다 결혼보다 중하고 다스리기 어려운 일이다.

아이는 지금, 고3이다. 이 나라에서 사람대접을 받으려면 그 또래 아이들 누구나가 겪어 내야 한다는 혹독하고 답답한 통과의례의 8부 능선쯤을 넘고 있다. 그 고비에서 휘청거리는 아이를 보는 일은 차라리 고문에 가깝다.

기도라…… 딸이자 어머니인 많은 여성들이 그러리라 짐작되지만, 나는 뭔가 막막할 때 돌아가신 내 어머니라면 어떻게 했을까 생각하는 데서부터 실마리를 찾는 것이 버릇이라면 버릇이다. 그때 어머니는 어디선가 짠하고 나타나는 원더우먼 같은 해결사가 아니라 그저 뒤에서 소리 없이 다가와 괜찮다, 괜찮다 하고 어깨를 토닥여 주는 따뜻한 마음의 빛이다.

그런데 도처에 빛이 넘치는 세상에 정작 마음 붙일 만한 곳이 없다. 사실 나는 어머니와 할머니의 실루엣을 그리움으로 기억하는, 등잔불 밑에서 자란 세대도 아니다. 하지만 키 작은 도자기 등잔이나 소박한 목木등잔이 밝히는 따뜻하고 은은한 불빛이 간절한 것은, 역설적으로 주위의 빛들이 너무 밝고 눈이 시릴 만큼

휘황찬란해서 오히려 마음을 기대기가 어렵기 때문이 아닐까. 간절한 불빛은 어디서 찾을까? 등잔박물관은 그런 의미에서 내게 작은 위안이 될 듯도 싶었다.

등잔은 넓은 의미에서 불을 밝히는 기구, 즉 등화구燈火具 전체를 의미하는데, 등불을 켜는 그릇이라는 좁은 의미에서의 등잔, 등잔을 적당한 높이에 얹도록 고안된 등경燈檠과 등가燈架를 포함해 촛대, 좌등, 제등, 궤등, 횃불 등 다양한 등기구를 총칭한다.

세월이 훈장일까? 녹슬고 때 묻은 등잔들이 저마다 내력을 과시하고 있다. '아름다움 속의 등잔' 코너에서는 제등提燈이 그려진 신윤복의 〈월하정인도〉가 눈에 띄고, 공예적 장식성이 두드러진 몇몇 등잔들이 그 미학적인 의미를 생각해 보게 한다. 이 밖에 '세계의 등잔' 코너에 있는 아프리카, 프랑스, 일본, 태국 등의 등잔을 재료와 형태, 쓰임새 면에서 우리나라 등잔과 비교해 보는 것도 재미있는 일이다.

섬세하게 조각 장식된 화려한 불후리, 즉 뒷가리개〔火扇〕가 달려 공예성이 돋보이는 은입사銀入絲 나비형불후리촛대는 단연 부잣집 안주인의 용모를 뽐낸다. 선비가 읽던 책을 은은하게 비춰 주었을 백자 서등은 온유하면서도 지적인 멋이 있다. 또 컴컴한 부엌의 부뚜막이나 바닥 어딘가에서 묵묵히 고된 하루를 마감했을 주등廚燈에는 건강한 생명력이 물씬 묻어난다.

어느 한량의 밤 나들이에 앞장섰을 제등은 굴곡진 남녀상열지사의 희로애락을 지켜보았을 터이고, 또 혼례용 청사초롱은 백년가약의 기쁨뿐만 아니라 지아비 됨의 책임감도 함께 밝혔을 것이다. 빛깔 들인 밀랍으로 조각 장식한 크고 화려한 밀초인 화촉華燭은 잔치의 화사함을 그대로 담고 있다. 이는 원래 궁중에서만 쓰였는데, 서민들에게는 혼인날에만 사용이 허락되어, 그로부터 '화촉을 밝힌다'가 곧 혼례하다의 뜻을 갖게 되었다고 한다.

모진 풍파에 터지고 뒤틀린 채로 등잔을 말없이 받쳐 주던 목제 등경과 등가는 온몸으로 세월을 견뎌 온 흔적이 안쓰럽기 그지없다. 주인들이 직접 주변에 흔히 있는 나무 둥치를 깎아 본인의 취향과 용도에 맞추어 만든 것이 많다는 점에서 일상의 미학을 가장 잘 드러내는 예로 꼽을 수 있다.

등잔 받침을 큼지막하게 하여 기름받이 겸 재떨이로 쓰거나 서랍을 만들기도 하여 넉넉한 실용적 성격이 주목되지만, 더러 연꽃 등을 조각해서 장식하고 '부귀다남富貴多男' 등 기복적 염원을 새겨 넣은 것도 있다. 그리운 그 시절이라고 해서 좀 더 잘 먹고 좀 더 잘 살아 보려는 욕망이 왜 없었겠는가. 그 시끄러운 악다구니가 들리지 않는 것은 향수라는 필터를 통해 보고 있기 때문일 것이다.

'이름도 그리운 등잔의 고향'에서는 등잔 아래 나직하게 글을 읽는 선비, 다소곳이 매무새를 고치는 아낙의 모습이 우아하다. 손주를 무릎에 앉힌 할머니의 옛이야기가 들리고, 문밖에는 낙엽이 소리 없이 떨어진다. 귀뚜라미 울음소리가 자장가처럼 들리는가 싶더니 희미해지는 등불 속에 가을밤은 깊어간다.

그 아름답고 목가적인 풍경 속에 잠시 지친 마음을 놓았었나

보다. 그러나 그뿐인 것을, 이내 슬픈 영화를 본 후 눈물도 마르지 않은 채 백주 대낮으로 떠밀려 나왔을 때와 같은 난감함이 밀려온다. 향수는 향수일 뿐, 그 이상 아무것도 아니라는 자각과 함께.

박물관은 박물관일 뿐인가. 박물관의 그 수많은 등잔들이 이제는 더 이상 불을 밝히고 있지 않다는 사실, 그래서 등잔은 무수히 많되 빛은 없는 현실에 다시 한 번 절망할 뻔했다. 그러나 역사 속의 그 많은 등잔들은 더러는 은은하고 화려하게, 더러는 은밀하고 간절하게, 또 더러는 건강하고 소박하게 각자의 자리에서 각자의 그릇만큼 삶의 구석구석을 밝히지 않았던가.

깜빡이며 일렁이는 빛, 간혹은 그을음이 눈을 아프게 하던 빛, 그 불빛 아래서 등잔불처럼 출렁거리는 삶에 대해, 꺼질 듯 말 듯한 희망에 대해, 무엇보다도 간절한 염원에 대해 이야기했으리라. 때로 깜박이고 때로 일렁이면서 우리의 삶을 밝히는 것, 등잔의 진정한 의미는 바로 그것이 아닐까. 삶의 진실이란 100촉 전구와 할로겐램프, 레이저 광선이나 적외선처럼, 그렇게 정확하고 적나라하게 비출 수 있는 것은 아닐 터이니 말이다.

박물관을 나서며 다시 물어본다. 좋은 부모가 된다는 것은 어떤 의미일까? 등잔이 등잔이게 하는 것은 불빛이며, 불빛은 곧 심지를 태워야 얻을 수 있는 것. 부모로서 아이를 키우는 일이란 어쩌면 그 심지를 바로 세우고 제 그릇만큼의 기름을 넣어 주는 일이 아닐까. 그리하여 제 나름의 불꽃으로 타올라 깜빡이며 출렁거리는 것을 아슬아슬하고도 간절한 마음으로 지켜보는 일, 그것이 내가 할 수 있는 일의 전부인 듯싶다.

언젠가 또 아이의 일거수일투족에 욕심을 부리며 아등바등하고 있는 나를 발견하게 된다면 그때 다시 작은 촛불을 밝히고 일렁이는 불빛 앞에서 물어볼 일이다. 그저 희망의 심지여 안녕한가, 라고. 그래 괜찮다, 괜찮다 하고.

희망의 심지, 희주希炷는 실은 내 아이의 이름이다.

심지를 조금 내려야겠다
내가 밝힐 수 있는 만큼의 빛이 있는데
심지만 뽑아 올려 등잔불 더 밝히려 하다
그을음만 내는 건 얼마나 어리석은 일인가
잠깐 더 태우며 빛을 낸들 무엇하랴
욕심으로 타는 연기에 눈 제대로 뜰 수 없는데
결국은 심지만 못 쓰게 되고 마는데

들기름 콩기름 더 많이 넣지 않아서
방 안 하나 겨우 비추고 있는 게 아니다
내 등잔이 이 정도 담으면
넉넉하기 때문이다
넘치면 나를 태우고
소나무 등잔대 쓰러뜨리고
창호지와 문설주 불사르기 때문이다

욕심 부리지 않으면 은은히 밝은

내 마음의 등잔이여

분에 넘치지 않으면 법구경 한 권

거뜬히 읽을 수 있는

따뜻한 마음의 빛이여

도종환의 시 '등잔'

이름도 그리운 등잔의 고향

'천한 사람, 귀한 사람 차별 않고 보배 같은 빛을 뿌려 밤을 열어 주던 등잔, 방황하던 옛님들의 길잡이가 되기도 하였던 등불'들을 모아 상우당尙友堂 김동휘金東輝 선생이 만든 박물관. 현란한 빛의 홍수 속에서 사는 우리에게 작은 빛으로도 행복했던 그 시절, 그리운 고향을 보여 준다. 생활 속의 등잔, 역사 속의 등잔, 아름다움 속의 등잔 등 크게 세 부분으로 나누어 등잔의 종류와 변천, 다양한 재료와 형태, 그 쓰임새 등을 말해 주고 있다.

한국등잔박물관

이용 시간 10:00~17:00(10~3월), 10:00~18:00(4~9월)
휴관일 매주 월·화요일
관람료 성인 4,000원, 청소년 2,500원, 노인·어린이 2,000원
　　　유치원·어린이집 단체 관람 시 1,500원(사전 예약)

가는 길
버　스 서울 양재 발(1500, 1500-2, 500-3번), 잠실 발
　　　　(119, 17-1번) → 능골삼거리에서 하차하여 900m
　　　　수원 발(60번) → 정몽주 선생 묘소 입구에서 하차,
　　　　다리 건너 600m

지하철 분당선 오리역 → 60번 시내버스 환승

자가용 판교IC → 오토터널 → 능평2리 → 능골삼거리 → 박
　　　　물관(20분 소요)
　　　　죽전 → 43번 국도 → 능원리 → 레이크사이드 →
　　　　박물관(7분 소요)

경기도 용인시 모현면 능원리 258-9번지
031-334-0797　www.deungjan.or.kr

그대 아직도 꿈꾸고 있는가

한국현대문학관

Boys, be ambitious! 소년들이여, 야망을 가져라. 책상 위에 써놓은 명구를 보면서 소년들은 야망이 뭔지 모르지만 품어야겠다고 생각했고 소녀들은 우린 무얼 품어야 하나 혼란스러워했다.

김용희의 소설 《란제리 소녀시대》를 읽다가 나도 모르게 푸하하 했다. 요즘은 어떤지 모르겠지만 그땐 정말 그랬다. 누구나 소년이거나 소녀였던 열일곱 열여덟. 지금이야 '반짝반짝 눈이 부신' 시절로 아름답게 추억하지만, 희망 같기도 하고 절망 같기도 한 애매모호한 시간을 저마다 열병처럼 치러야 했던 때였다. 들어가야 할 대학이 있었고, 관심을 끌고 싶은 이성이 있었고, 기대를 저버릴 수 없는 가족이 있었고, 빛나고 싶은 청춘이 있었다. 갈래 길도 너무 많았다.

뭔지는 잘 모르지만 품어야겠다고 생각한 것이 소년들에게 야망이었다면 소녀들에게는 문학이 아니었을까. 훈육과 통제에 분기탱천해 저항할 만큼 용감하지 못했던 평범한 소녀가 나름의 성장통을 다스리는 데 '문학' 만큼 합법적(?)이고 폼 나는 방법은 없었다.

그래서 그들은 '문학소녀'가 되었을 것이다. 갈아엎고 싶은 뒤죽박죽의 마음을 감추고 조신함을 가장한 채 문학을 빙자했을 것이다. 그때 교과서 밖의 책을 몇 권이나 읽었는지 꼽아 보면 낯이 뜨거워지는 주제에 말이다. 라디오 '별이 빛나는 밤에'를 즐겨듣고 자발적으로 청춘의 비애에 시달리며 더러 밤새우는 일, 그것이 다였을 뿐이다.

스무 살이 지나고 나면 스물한 살이 오는 것이 아니라 스무 살 이후가 온다던가. 문학소녀 시대가 지나고 나니 문학소녀 시대 이후가 왔다. '문학'을 직업으로 삼고 있는 몇몇을 제외하면, 더 이상 소녀가 아닌 우리들에게 문학은 일상과 관계없는 '학문'이거나 낯간지럽고 허황된 무엇이거나, 그 양극단에 있는 좀 다른 세계가 되어버렸다.

형식이 내용을 지배한다고, 어쭙잖은 문학소녀 행세로 얻은 바가 전혀 없지는 않았다. 입시 지옥이든 실연이든 비루한 일상이든 사는 일이 마음 같지 않을 때, 때때로 자신조차도 믿을 수 없을 때, 다른 사람의 믿음에 기대어 그 고비를 넘기곤 했다. 정확히 말하자면 책 속의 어떤 사람에게서 위로를 얻었다. 그것을 굳이 문학이라고 부르지는 않았지만 말이다.

얼마 만인가, 지금 내 딸아이들보다도 어렸던 나의 소녀시대를 다시 추억하게 된 것은. 왕년의 은막 스타 윤정희가 시를 쓰는 '문학소녀' 할머니로 스크린에 돌아온다는 소식 때문이었다. 여자의 고향은 청춘이라던가. 그 청춘의 문장들, 그 많던 문학소녀들은 다 어디로 갔을까?

서울 장충동의 현대문학관은 이광수, 이상, 윤동주, 한용운, 김동인, 백석…… 우리 문학사를 빛내 온 이른바 별들의 신전이다. 《무정》《하늘과 바람과 별과 시》《님의 침묵》 등의, 국민 소설, 국민 시를 비롯해, '딱지본'*의 옛 소설, 문단의 대소사 관련 사진들도 귀한 자료들이다. 그러나 소설은 소설대로 시는 시대로 또 동화는 동화대로, 연대별로 일목요연하게 정렬해 있는 모습은 조금 답답하다.

문학은 시대와 인간, 인간 내부의 불화에 대한 가장 첨예한 발언일 터, 그 깊은 속내를 들여다보려면 내 마음부터 열어야 한다는 듯, 사진 속의 작가들은 제사상에 앉은 영정 사진처럼 입을 굳게 다물고 있다. 누구에게나 열려 있지만 아무에게나 열리지 않는 비밀의 문이 문학이라던 어느 비평가의 말이 실감나는 광경이었다.

퇴고의 흔적이 낱낱이 드러난 육필 원고만으로도 그 번민의 한 자락을 짐작하기에는 충분하다. 시인 김명인이 읊었듯이, 누구나 제 안에서 들끓는 길의 침묵을 울면서 들어야 할 때가 있는 법. 그 말할 수 없는 침묵에 대해 말하기 위해 작가는 자신의 피와 살을 깎으며 단어와 단어 사이에서 밤을 새웠을 것이다. 마침내 태어난 그 글들은 우리를 안아 주는 따뜻한 포옹이 되기도 하고, 나태한 삶에 대한 준열한 비판이 되기도 한다.

사는 일이 만만치 않다고, 위로받고 싶다고 징징거릴 때 '너만 그런 게 아니라, 남들도 다 그렇다는 위로처럼 확실하고 참담한 위로는 없다'**고 백전노장의 작가는 가차 없이 꾸짖는다. 과연 참담한 위로도 위로일까?

절대로 이길 수 없는 삶이라는 괴물과의 씨름이 비록 패배로 끝난다 하더라도, 그 절망의 한가운데서 반짝이는 어떤 따뜻함.

그것이 바로 문학이, 아니 우리 삶이 지켜내야 할 마지막 보루라고 타이르는 듯도 하다.

돌아오는 길에 비가 추적추적 내리기 시작했다. 간신히 올라탄 버스가 을지로를 지나 광화문으로 접어들 무렵 기다리기라도 했다는 듯 라디오에서 '광화문연가'가 흘러나왔다.

'이제 모두 세월 따라 흔적도 없이 변해 갔지만 덕수궁 돌담길에 아직 남아 있어요. 다정히 걸어가는 연인들. 언젠가는 우리 모두 세월을 따라 떠나가지만 언덕 밑 정동 길에 아직 남아 있어요. 눈 덮인 조그만 교회당……'

노래를 들으며 차창에 부딪치는 빗줄기를 물끄러미 바라보다가 왈칵 눈물을 쏟을 뻔했다. 문학. 형식이 무엇이든 그것은 우리들의 가슴에 따뜻한 불씨를 지펴 주는, '아직도 남아 있는 눈 덮인 조그만 교회당' 같은 것이 아닐까. 그것은 힘도 세다. 한 개의 광화문은 저마다의 가슴속에 수천수만의 광화문으로 다시 기억될 것이기 때문이다.

비오는 날 차 안에서
음악을 들으면
누군가 내 삶을
대신 살고 있다는 느낌
지금 아름다운 음악이
아프도록 멀리 있는 것이 아니라

있어야 할 곳에서

내가 너무 멀리

왔다는 느낌

굳이 내가 살지

않아도 될 삶

누구의 것도 아닌 입술

거기 내 마른 입술을

가만히 포개어 본다

이성복의 시 '음악'

누군가에게는 음악이고 누군가에게는 그림이고 또 누군가에게는 시이기도 하겠지만 그것은 모두 각자가 품고 있는 삶의 다른 이름일 따름이다.

나는 얼마나 멀리 왔을까? 정말 굳이 내가 살지 않아도 될 삶일까? 당신이 어떤 책을 읽어 왔는지 말해 주면 나는 당신이 누구인지 말해 줄 수 있다고, 당신의 독서 목록은 그 자체로 당신의 자서전이고 영혼의 연대기***라고 말하기도 한다. 그러나 '제 안에서 들끓는 길의 침묵'을 그 누구도 아닌 바로 자신만의 언어로 기록하는 일, 그것이 더 의미 있는 일은 아닐까.

문학소녀로 불리기에는 너무 늙어 버렸고, 머지않아 자서전도 쓰고 참회록도 써야 할 나이가 아닌가. 문학 아줌마와 문학 할머니가 우습지 않은 단어가 될 수는 없을까, 감히 상상해 본다.
이순耳順의 할머니가 시를 쓰는 세상을 보여 준다니, 아름다웠던
배우 윤정희는 더 아름답게 우리 곁으로 올 것 같다.

* 개화기 이전까지 주로 필사본으로 전해지던 소설은 1910년 이후 서구의 인쇄
  기가 들어오면서 대량으로 유통되기 시작했고, 그 표지가 아이들이 갖고 노는
  딱지 같아서 '딱지본'이라고 불렸다. 주로 〈옥루몽〉 등 인기 있는 고전 소설이
  나 〈홍도야 울지 마라〉 같은 신파조의 작품 등으로, 책값이 당시 국수 한 그릇
  값에 해당하는 6전이라 '육전소설'이라고도 한다.
** 박완서의 소설집 《너무도 쓸쓸한 당신》 중에서.
*** 김경욱의 소설집 《위험한 독서》 중에서.

문학 오디세이

한국 최초로 문을 연 문학 전문 박물관이다. 1997년 계원조형예술대학 내에서 개관한 후, 2000년 현재의 위치인 장충동으로 옮겼다. 문을 들어서면 중앙에 문인들의 육필 원고 전시대와 주요 문인 20인의 사진 전시대가 관람객을 맞이하고, 안쪽 종합전시관에는 시인, 소설가, 월북문인을 분류하여 각 문인들의 초판본 저서와 사진을 전시, 한국현대문학 백년사를 한눈에 볼 수 있게 했다. 육필 원고 전시대 왼편에는 주요 시인 전시관과 한국현대문학지도도 마련돼 있다. 세월의 더께가 묻은 빛바랜 책과 친필 원고는 새하얀 종이에 깨끗하게 인쇄되어 나오는 책에서는 느낄 수 없는 정겨움을 느끼게 해준다.

한국현대문학관

이용 시간 10:00～17:00(월～금), 10:00～12:00(토)
휴관일 매주 일요일 및 법정 공휴일
관람료 1,000원

가는 길
지 하 철 3호선 동대입구역 1번 출구 100m

서울시 중구 장충동 2가 186-210번지
02-2277-4857　www.kmlm.or.kr

비슷한 테마의 다른 박물관
영인문학관 | 서울시 종로구 평창동 499-3번지
02-379-3182　www.youngin.org

당신이 처음 끼워 준 꽃반지
세계장신구박물관

동서고금을 막론하고 장신구는 그 권

력과 호사를 현시적으로 증명하는 유물이다. 몇 점의 장신구로
남은 절대 권력의 자취가 덧없기도 하지만, 삼국 시대 고분에서
출토된 현란한 장신구, 2,800개의 다이아몬드와 보석으로 장식
한 빅토리아 여왕의 왕관, 황후 조세핀의 보석 컬렉션을 우리는
찬탄해 마지않는다. 장신구는 곧 권력과 신분의 상징이자 그 시
대의 예술적 결정체이다. 권력은 짧고 예술은 길 뿐.

물론 장신구가 여성들의 전유물이나 왕실과 고관대작들의 사
치품만은 아니었다. 얼핏 생소하지만, 1572년 선조가 젊은 사내
들이 귀를 뚫고 귀고리를 착용하는 오랑캐의 풍습을 금지시켰다
는 것을 보면, 신체발부수지부모身體髮膚受之父母를 외치던 선비
들도 장신구의 유혹에 꽤 시달렸던 모양이다. 그렇다면 권력이나
규범 이전에, 인간의 표현 욕구가 더 근본적인 속성이라 해야 할
듯싶다. 굳이 역사를 들먹이지 않아도 반지 하나, 목걸이 하나에
우리들의 희로애락은 얽히고설켜 있다.

장신구와의 내 인연도 특별하다면 특별하다. 신혼 때 결혼 패
물을 고스란히 밤손님에게 헌납하고 만 것이다. 아깝다는 생각이
들기는 했지만 오래 애통해 하지도 미련을 두지도 않았다. 두고
두고 속상해 한 것은 오히려 시어머니였다. 개혼開婚으로, 하나
뿐인 며느리를 맞는다고 알뜰살뜰 계획하고 마련하셨을 그 패물
에 대한 애착이 남다르셨던 것이다. 금전적 실용적 가치를 떠나,
그것이 당신의 굴곡진 삶과 정서적으로 밀착되어 있었으리라 짐

작할 뿐이지만.

이처럼 장신구가 가지는 의미는 참으로 다양하다. 트레이시 슈발리에의 소설《진주 귀고리 소녀》에서 '진주 귀고리'는 베르메르에게는 예술이고, 부인 카타리나에게는 상처였지만, 주인공 그리트에게는 사랑이었듯이, 단 한 점의 장신구에도 누군가 혹은 여러 사람의 특별한 인생이 씨줄과 날줄로 얽혀 있기 때문이다. 아시아, 아프리카, 남아메리카, 유럽에서 온 갖가지 장신구들이 또 하나의 작은 세상을 이루고 있는 세계장신구박물관. 나는 그곳으로 장신구가 아니라, 동서고금 구석구석의 삶을 만나러 간다.

송진이 품은 그 깊은 시간과 공간이 고스란히 드러나는 호박瑚珀의 방. 어떤 상처도 욕망도 내치지 않고 내 것으로 품고 있는 자연의 모습이 황홀하다. 푸근하고 부드럽지만 산전수전 다 겪은 어머니처럼 단호하게 묻는 듯하다. 모나고 차갑게 까탈을 부리는 '보석'만이 보석이냐고, 너희가 인생을 아느냐고.

남미의 인디오들은 금을 태양의 땀, 은을 달의 눈물이라 생각했다고 한다. 엘도라도 의식을 재현한 황금의 방은 태양처럼 화려하고 천진난만한 열정의 세계이다. 반면 독특한 디자인과 정교한 세공을 자랑하는 은 십자가들이 모여 있는 에티오피아의 십자가의 방은 이성적이고 세련된 침묵의 세계이다. 그러나 그 침묵은 어떤 외침보다 더 간절한 기원의 합창으로 들린다. 42cm나 되는 제단용 대형 십자가는 천사가 내려와 제작을 도왔다는 전설이 있다는데 과연 정교한 디자인과 기술의 조화가 훌륭하다.

남성용 큰 목걸이, 제의용 목걸이와 등 장신구는 여타 장신구들에 비해 강건함이 돋보인다. 조개껍질, 멧돼지 송곳니 등으로 만든 목걸이는 원시적 생명력이, 제의용 목걸이와 등 장신구는 강건함 속에서도 섬세함이 빛난다. 천둥처럼 호령하다가도 햇살처럼 다독이기도 하는 이 힘차고 따뜻한 기상이, 어쩌면 문명이라는 이름으로 흔들리는 세상을 지탱해 온 힘이 아니었을까.

우주를 상징한다는 형형색색의 반지들은 어쩐지 공허하다. 그 숱한 약속과 맹세들은 다 어디로 갔을까? 내 생에 최초의 반지는 꽃반지였던가? 가버린 맹세와 다짐들, 가물가물한 기억들은 이제 손가락이 아니라 가슴속에 남아 있다. 헛헛한 마음이라면 인류의 가장 오래된 장신구, 비즈의 방이 위로가 될 듯하다. 구슬 하나하나에 색색의 기원을 담고 있는 비즈 장신구는 언제나 미더운 속 깊은 친구처럼 명랑하고 생기 있다. 구슬들의 발랄하고 왁자한 수다 속에서 마음을 추스르고 보니 긴 순례의 끝에 이르게 된다.

인류가 장신구에 제각각의 방식으로 소망과 열정을 기탁해 오는 동안 세상은 더 아름다워지고 우리는 더 행복해졌을까? 답은 각자의 몫이겠지만, 장신구가 권력이나 제의에 봉사하기보다는 아름다움의 추구라는 창조적 본질에 충실하게 되었다는 점에서는 진보라고 해도 좋을 듯싶다.

박물관을 나서니 북촌의 오래된 풍경 속에 예쁜 장신구 가게들이 눈에 띈다. 아, 이쯤에서 솔직하게 고백해야겠다. 내가 장신구를 멀리했던 속사정을. 장신구를 일부 몰지각한 여성들의 사치

풍조를 조장하는 원흉으로 폄하한 것을. 멋진 장신구가 근사하게 어울리는 상대를 만나면 안목이 아니라 경제력 덕이라고 몰래 헐뜯은 것을. 내가 멋 부리는 일에 등한한 것은 게을러서라는 것을. 반지를 끼지 않는 것은 애초에 내 손이 못생기고 마디도 굵어서이지 '거칠어진 손마디가 너무나도 안타까워' 할 일이 아니라는 것을. 귀고리를 하지 않는 것은 타고난 소심 체질로 아직도 피어싱을 못 해서라는 것을. 무엇보다도 이 약점들을 감추기 위해 "완벽한 패션이란 더하기가 아니라 빼기"라 운운하며 대단한 철학이라도 있는 것처럼 굴었던 것을.

고백한 김에 마음에 드는 브로치라도 하나 살까 보다. 브로치 하나에 가산을 탕진할 일은 없을 테지만 꼭 한 가지는 물어볼 일이다. 원판불변의 법칙이야 어쩔 수 없다 쳐도, 그 브로치가 내 모습에 금상첨화가 될까, 아니면 설상가상? 이래저래 나는 더 부지런해져야 할 테고, 그러면 사는 일이 조금은 더 신날 것 같다.

북촌의 별

장신구는 문명이 꽃피었던 곳에서 늘 발견되는 인류
의 가장 오래된 동반자이다. 장신구박물관은 시인이
자 수필가인 이강원 관장이 외교관의 아내로 남미 9
개국 등 세계 각국에서 살았던 삶의 기록으로, 다양
한 민족의 역사와 세월의 힘이 배어 있는 1,000여
개의 전통 장신구가 이곳에 둥지를 틀고 있다. 호박
의 벽, 발찌와 팔찌의 벽, 엘도라도 방, 목걸이 방,
십자가 방, 가면의 벽, 근대 장신구, 핸드백 벽, 반지
의 방 등 소장품을 아홉 개의 테마로 나누어 전시해,
북촌의 오밀조밀한 골목길을 걷는 듯한 색다른 재미
를 연출하고 있다.

세계장신구박물관

이용 시간 11:00~17:00
휴관일 매주 월·화요일
관람료 일반 5,000원, 학생 3,000원, 7세 미만 어린이 2,000원
　　　20명 이상 단체 관람 시 3,000원

가는 길
지 하 철 3호선 안국역 1번 출구 → 풍문여고, 덕성여고 → 정
　　　독도서관 왼쪽 골목 진입 → 새마을금고 → 오른쪽
　　　길 입구(도보로 10분)

서울시 종로구 화동 75-3번지
02-730-1610　www.wjmuseum.com

비슷한 테마의 다른 박물관
보나장신구박물관 | 서울시 종로구 관훈동 192-10번지
　　　　　　02-732-6621　www.bonamuseum.com

내가 쏜 화살은 어디로 갔을까

영집 궁시박물관

우여곡절 끝에 강원도 깊은 산골

에 작은 집을 지었다. 집 짓는 일은 대사大事인지라 경제적인 문제는 차치하고라도, 입시 공화국 대한민국의 최고 상전 '고3'의 부모로서 할 일이 아니라는 것이 내 입장이었다. 딱 1년만 계획을 미루자는 간곡한 탄원에도 불구하고 남편은 기어이 일을 벌이고야 말았다. 그것도 악조건을 무릅쓴 겨울 공사를 감행했다.

조용한 곳에 오롯한 작업 공간을 갖는 것이 오랜 바람이기는 했으나, 성격이나 취향이 아주 다른 우리 부부가 함께 집을 구상하고 모양새를 갖추기까지는 실로 험난함의 연속이었다. 집 짓고 아직도 이혼 안 했느냐는 우스개는 빈말이 아니다. 복병은 도처에 있었다. 마음에도 가산家産에도 생채기는 남았지만 우리의 파란만장한 집짓기는 끝이 났고, 다행히 이혼까지는 가지 않았다.

드디어 집들이라는 것을 하게 된 날, "의지의 한국인"이라는 둥, "뜻이 있는 곳에 길이 있다"는 둥, 저마다 비포장 산길에서 꽤 고생을 하고서 우리 집에 당도한 친지들은 혀를 내둘렀다. 남편의 추진력은 나도 인정한다. 하기야 남편은 '뜻[志]'을, 팽팽하게 당겨진 '활시위[弦]' 위에 얹고 사는 사람이 아닌가. 이거다 싶으면 옆도 뒤도 돌아보지 않고 활시위를 당긴다. 전후좌우 사정의 치다꺼리는 언제나 내 몫이라 남편에 대한 칭찬에 나는 속으로 배가 아팠다. 대개는 '목적目的'(과녁에 시선을 집중)한 바를 이루어내는 내 남편은, 그렇다면 명궁일까?

올림픽을 비롯한 각종 세계대회의 성적이 증명하듯이 우리나

41

라에는 명궁이 많다. 우리나라를 일컫던 동이東夷의 '夷'는 大弓, 즉 활을 잘 쏘는 백성이라는 뜻이라고 한다. 세계를 제패하는 그들의 쾌거에 얼마나 열광했던가. 명궁은 어떻게 탄생할까? 그러나 정작 우리는 '활'을 모른다. 양궁의 화려한 스포트라이트 뒤에 3천여 년의 역사를 말없이 지키고 있는 국궁國弓이 있다는 것도.

무형문화재 47호 궁시장弓矢匠 유영기 옹은 국궁을 보존하고 바르게 전수하기 위해 팔을 걷어붙인 사람이다. 그 훌륭한 뜻과 정성에 비하면 전시 시설이나 제반 여건들이 다소 궁색한 것이 국궁의 현주소이기도 하지만, 그의 호를 딴 영집楹集 궁시박물관은 우리나라 최초의 활 전문 박물관이다.

박물관은 파주 탄현리의 한적한 주택가에 자리하고 있다. 활쏘기를 자위 수단으로 삼았던 옛 성벽을 본뜬 듯한 2층 건물은 박물관 겸 살림집이다. 아들 유세현 씨를 비롯한 가족들 모두 일인다역을 하는 박물관 운영자들이다. 어느 평일 오전, 나를 안내해준 사람은 유영기 옹의 부인이었다. 여느 박물관 학예사의 어떤 번화한 지식도 필적하지 못할 연륜이 전시장을 채우고 있었다.

우리나라의 대표적인 활은 각궁角弓으로, 대나무와 뽕나무, 참나무, 무소의 뿔, 소의 심줄, 자작나무 껍질, 민어의 부레 등 서로 다른 재료의 특성을 적절히 이용하여 조합하는 일종의 복합궁이다. 놀랍게도, 몸통에다 시위를 걸고 화살을 얹기만 하면 되는 줄 알았던 활은 무려 스무 가지도 넘는 각각의 명칭이 있었다. 줌통, 아귀, 대림끝, 오금, 삼삼이, 심코, 시위 등등…… 그 구조와

역학 관계는 최첨단 기계에 비견될 만하다. 이 많은 이름들의 존재는 각 부위의 만듦새와 기능이 모두 다르다는 것을 의미하지 않는가.

활의 기둥으로는 탄성이 좋은 대나무를 가운데 부분에 쓰고, 단단하면서도 유연한 뽕나무는 시위가 걸리는 양쪽 고자 부분에 쓴다. 쇠심줄은 신축성이 좋고 질겨서, 활의 안쪽에 붙어 탄력과 유연성을 좌우하는 중요한 역할을 한다. 활 하나를 만들려면 소한 마리 반 정도에서 나오는 심줄이 필요하고, 또 일일이 손으로 해체하는 재래식 도살장에서만 구할 수 있다고 하니 그저 놀라울 뿐이다. 또한 습기를 차단하는 효과가 있는 화피(자작나무 껍질)는 삶거나 볕에 쪼여 여러 색을 낼 수 있는데, 이를 외장재로 단장하면 드디어 활이 탄생한다.

얼핏 보아 간단해 보이는 이 과정은 어교(민어의 부레를 삶아 만든 풀)로 200번 이상 정교한 붙임 작업을 거쳐야 하는 일이다. 게다가 각각의 재료를 구하고 다듬는 일은 계절을 타서 1년에 단 한 차례 각궁을 만들 수 있다니, 무릇 좋은 활은 손끝에서 나오는 것만은 아니다.

완성되긴 했으나 둥근 모양의 '부린 활'은 아직 활이 아니다. 이를 뒤집어 활줄을 얹고 쏠 사람의 궁력에 맞도록 마무리〔解弓〕해야 비로소 우리가 알고 있는 형태의 '얹은 활'이 된다. 또한 쓰지 않을 때는 탄성의 보존을 위해 부려 놓았다가, 시위를 얹어 다시 사용하려면 '점화' 작업을 통해 습도를 알맞게 조절한다. 이처럼 만들 때나 쏠 때나 많은 단계의 정교한 준비 과정이 필요한 것이 활이다. 오랜 기다림과 끈기 그리고 정성을 바쳐야만 얻을 수 있는 그 무엇, 때로는 부려놓고〔解弛〕, 때로는 시위를 팽팽하게 당겨 매어야〔緊張〕 하는 활은 그 자체가 인생을 닮았다.

지금은 명주실이나 나일론 실 등으로 대체되었지만, 질기고 탄력 있는 쇠심줄이 활줄로는 제격이란다. 아뿔싸, 활시위 '弦'자를 쓰는 내 남편의 '쇠심줄 같은 고집'은 그렇다면 그의 이름과 운명 공동체라는 말이 아닌가. 앞으로도 살아야 할 날들이 창창하니, 그 질긴 쇠심줄에 얹혀 나가는 화살의 속도가 시속 200km가 넘는다는 것이 어쩌면 위안이 될지도 모르겠다. 사노라면 세월은 그렇게 '쏜살같이' 지나갈 테니 말이다.

쏜 살의 속도는 활뿐만 아니라, 화살의 성질에 따라서도 달라진다. '활과 화살이 조화되지 않으면 예羿(고대 하夏나라의 명궁)라도 목표를 명중할 수가 없다'(순자)고 했듯이 활쏘기의 반은 화살의 몫이다. 우리나라 화살의 주류는 죽시竹矢로, 활 제작 못지않게 복잡하고 정교한 공정을 거쳐야 한다. 우선 대나무는 강함과 부드러움을 동시에 지닌 과년죽 즉, 자란 지 두 해째 되는 생죽이 좋고, 댓눈이 세 마디 정도 있어야 살걸음이 빠른 화살이 된다고 한다.

시위를 끼우도록 홈을 판 부분인 '오늬'는 복숭아나무 껍질〔桃皮〕을 가공하여 감싸고, 용도에 따라 쇠, 뿔, 돌 등을 재료로 한 여러 가지 모양의 살촉을 끼운다. 깃으로는 촘촘해서 공기의 저항을 잘 받는 꿩의 날개깃을 쓴다. 우궁(오른손잡이)과 좌궁(왼손잡이)의 화살에 각각 왼쪽, 오른쪽 날개깃을 구별하여 붙였다니, 작은 화살 하나에도 우주의 이치가 담겨 있다.

특히 눈길을 끄는 것은 일명 '우는 화살'이라고 하는 명적鳴鏑. 즉 살촉에 구멍이 있는 소리통이 달려 있어 날아갈 때 공기의 저항을 받아 소리를 내는 '효시嚆矢'다. 사냥이나 전쟁을 알리는 신호용으로 썼던 데서 오늘날 '일의 시작'을 의미하는 용어가 되었다고 한다. 한편, 임진왜란에서 그 위력을 떨친 바 있는 편전片箭은 크기가 작아 '아기살'이라 부르기도 하는데 가장 빠르게, 멀리 그리고 위협적으로 날아가는 조선 최고의 무기로 꼽는다. 왕명 전달을 위한 의장용 화살인 신전信箭과 편지를 묶어 연락용으로 쓰던 세전細箭 등도 활 문화를 보여 주는 중요한 유물이다.

이 밖에 손가락을 보호하는 깍지〔角指〕, 화살통, 팔지나 완장 등 활쏘기의 보조기구들은 단순히 기능적인 것을 넘어 여러 가지 재료에 장식을 곁들인 정교한 공예품들로서, 육예六藝의 한 덕목으로서의 멋과 범절을 시사해 준다.

'일시一矢 이궁二弓 삼기三技'라던가. 활과 화살은 각기 그 자체로 좋아야 함은 물론이고 좋은 궁사를 만나 서로 잘 어울려야 한다. 활쏘기는 일종의 종합예술이며, 나 홀로 명궁은 허상일 뿐이라고 전시실의 활과 화살들이 합창하고 있는 듯했다.

박물관 마당으로 나와 미니 활터에 서본다. 궁사가 된 나는 활을 잡고 시위를 당겨 몸과 마음을 팽팽하게 긴장시키고 과녁을 응시한다. 내 염원과 시름, 미련과 희망을 활시위에 얹고 잠시 숨을 멈춘다. 몇 초가 흘렀을까? 긴장이 고조되자 그만 시위를 풀어 버리고 싶어진다. 그러나 속사병은 고질이라고, 명궁이 되려면 기다리는 법부터 배워야 한다던 어느 궁사의 말을 떠올리고 한 번 더 호흡을 가다듬는다.

더 이상 견디기 어려운 순간에 이르러 드디어 살을 놓는다. 그러나 내 손을 떠난 화살은 나의 기대를 배반했고, 과녁은 나의 염원을 거부했다. 과녁을 향해 날아가다 거꾸러진 화살은 풀밭으로 힘없이 풀썩 주저앉고 만다. 잠시 후 이루지 못한 내 뜻들은 분노의 화살이 되어 남의 과녁을 넘보고 있었다.

《예기禮記》에 활쏘기로 큰 덕을 살핀다(射以觀盛德)고 하여, '관덕觀德'은 활쏘기의 별칭이기도 하다. 덕이 있는 자는 남을 탓하지 않거늘, 반구제기反求諸己, 즉 명중하지 못한 것을 반성함에 스스로에게서 그 원인을 찾는다고 한 맹자의 말씀이 정곡正鵠을 찌른다. '활쏘기는 각자의 과녁을 맞히는 것', 더구나 손이 아니라 마음으로 쏜다고 하지 않는가. 결국 명궁이 되고 못 되고는 자신의 과녁에 대한 집념과 열정에 달린 것이리라.

누군들 명궁이 되고 싶지 않겠는가. 내 마음을 다스리고 내 과녁을 바로 잡으면 그만인 것을, 그 자명한 것이 왜 이토록 실천하기 어려운 것일까?

명궁의 조건

주몽의 후예라면 꼭 찾아봐야 할 활, 화살 전문 박물관. 각종 활과 화살, 쇠뇌 그리고 활쏘기에 필요한 각종 용품, 화살 제작도구와 재료 등 다양한 궁시弓矢 관련 유물이 전시되어 있다. 소리 나는 화살 효시, 불화살 화전火箭, 다연발 화살 신기전, 장정 서너 명이 붙어야 화살대를 장전할 수 있는 석궁 등도 만날 수 있다. 박물관 야외 마당에는 전통 활쏘기와 쇠뇌 쏘기를 직접 체험할 수 있는 활터가 마련되어 있다.

영집 궁시박물관

이용 시간 10:00~18:00(4~9월), 10:00~17:00(10~3월)
휴관일 매주 월요일
관람료 일반 2,000원, 중고등학생 1,500원, 유치원 · 초등학생 1,000원

가는 길
버 스 금촌(맥금동)에서 하차 → 900번 버스로 환승 → 영집 궁시박물관(한국시그네틱스) 하차 후 주유소 뒤편으로 이정표를 따라 700m

자 가 용 자유로(문산 방면) → 통일동산(파주시청) 진입(성동IC)하여 직진 → 법흥삼거리에서 좌회전 → 이정표 따라 700m 직진

통일로 → 금촌 진입 후 자유로 방면으로 직진 → 법흥삼거리에서 우회전 → 이정표 따라 700m 직진

경기도 파주시 탄현면 법흥2리 242-5번지
031-944-6800　www.arrow.or.kr

비슷한 테마의 다른 박물관
부천활박물관 | 경기도 부천시 원미구 춘의동 8(종합운동장 내)
032-614-2678　www.bcmuseum.or.kr

사랑이 오는 소리를 들어 보았나요

소리섬박물관

얼마 전 딸아이가 속한 대학 _{재즈동}

아리의 정기 연주회가 있던 날이었다. 클라리넷을 하는 아이는 새내기인 데다가 독주를 하는 것도, 비중이 큰 것도 아니니 "쪽 팔리게" 보러 올 것도 없다고 한사코 말렸다. 그러나 중간고사의 학점 헌납까지 각오하고 환절기의 감기와 싸워 가면서 늦은 귀가로 마음을 졸이게 했던지라, 나는 만사를 제치고 소극장 앞쪽의 가운데 자리를 차지하고 앉아 있었다. 내 어머니를 떠올리면서.

'절대 음치'라는 말이 있는지는 모르겠지만, 그냥 음치라는 말로는 부족할 정도로 어머니는 음치 중에 음치였다. 노래를 부르는 일도 좀처럼 없으셨지만, 어쩌다 좋은 날 가족들이 한자리에 모여 와자지껄할 때면 간혹 흥이 나서 흥얼거리기도 하셨다. 문제는 음정 무시, 박자 무시가 기본인 당신의 노래는 '고향의 봄'도 '동백아가씨'도 다 거기서 거기고 가사만 다를 뿐인 '염불'이었다는 것이다.

고음불가高音不可니 음치 가수니 하는 요즘이라면 나름대로 개성이 되었을까. 노래는 당신께 일종의 아킬레스건이었을 뿐이다. 그러나 어머니의 지론대로라면 우스꽝스러운 그 노래는 "개떡같이 (말)해도 찰떡같이 들어야" 하는 '마음'이기도 했다.

유전은 아니었는지 다행히 나는 노래를 곧잘 했다. 그래도 못 미더우셨던 어머니께서는 일찍부터 음악 교육에 공을 들이셨다. '국민학교' 2학년 때 서울로 전학하자마자 피아노 선생님을 찾아갔는데, 피아노 학원이 흔치 않았던 1960년대 중반, 몇 다리 건너 소개받은 '이대 나온 여자' 선생님 집은 신식 문물의 집합소 같은 곳이었다. 피아노가 놓인 세련된 양옥의 실내도 그랬지만, 더 경이로운 것은 포터블 전축과 원할 때 언제든지 들을 수 있었던 '소리의 황홀'이었다. 내가 촌티를 벗고 그런 대로 낯선 도시 생활에 어울릴 수 있었던 것은 '모차르트를 치는 아이'로서의 으쓱함이 꽤 든든한 배경이 되었지 싶다. 피를 전혀 속일 수는 없었던지 교육의 효과는 딱 거기까지였지만. 어쨌거나 음치를 대물림할까 노심초사하셨던 어머니께 나는 대단한 딸이 되었다.

소리〔音〕를 넘어 풍류〔樂〕의 세계로 진출한 '더 대단한 딸'의 공연장에서 나는 재즈 가락을 타고 아릿하게 흘러가는 어머니와 나 그리고 딸아이로 이어지는 3대의 소리 편력에 취해 있었다. 노래라고 하기에도 뭣한 그때 당신의 '소리'가 내게는 마르지 않는 엔돌핀의 샘이었던 것도, 세월이 흘러 어느 순간 내가 기억하는 가장 아름다운 소리가 되리라는 것도 어머니는 모르셨을 것이다.

기억 속에서나마 재생 버튼을 누를 수 있어 다행이라 해야 할까. 그 '시시한' 소리의 힘을, MP3에 수천수만 곡의 노래를 다운받으며 '쇼를 하는' 세상에 사는 아이들은 상상조차 할 수 없을 것이다. 세상은 눈에 보이는 것보다 훨씬 넓고 깊다는 것을. 세상의 모든 소리는 세상의 모든 마음과 가락을 품고 있다는 것을.

'물체가 진동했을 때 청각으로 느끼게 되는 것'이라는 소리의 사전적 정의로 볼 때 제주 소리섬박물관은 좀 특별하다. 눈에 보이지도 않고, 그 실체를 손에 잡을 수도 없는 무형의 소리가 주체이기 때문이다.

태초에 소리가 있었다? 비가 오고 바람이 불고, 새들이 지저귀고 짐승들이 울었다. 사람과 사람 사이에 말이 오가고, 따로 또 같이 노래를 불렀다. 삶이 깊어질수록 말도 음악도 복잡해졌으리라. 모든 소리에는 제 나름의 사연과 운율이 있다. 생명의 환희와 상실의 아픔, 희망과 절망, 사랑과 분노, 떨림과 흥분, 두려움 혹은 위로이기도 한 소리. 그 무수한 조합과 변주를 모두 헤아려 본다.

누구에게나 넣어 두었다가 듣고 싶을 때마다 꺼내 듣고 싶은 '소리'가 있었을 것이다. 에디슨에 의해서 실현된 소리 저장의 역사 — 실린더 형 포노그래프phonograph를 필두로 그래포폰 graphophone, 그래모폰gramophone으로 이어지는 나팔꽃 형 축음기의 파노라마가 인상적이다. 무수한 삶 속에 무수한 열망들이 소리로 피었다가 지는 동안 과학은, 아니 세상은 아주 더디게 진화했을 터이다.

CD플레이어와 MP3의 발전 속도와 그 위력에 경탄한다면, 한 송이 국화꽃을 피우기 위해 밤부터 울었을 수많은 소쩍새들의 마음도 잊지 말아야 할 것 같다. 에디슨이 딸을 위해 만든 노래하는 인형은 위대한 과학자도 누군가의 어머니이고 아버지라는 사실을 상기시킨다. 필요는 발명의 어머니라던가. 그렇다면 사랑이야말로 필요의 어머니인 셈이다.

생명의 소리는 어떤 것일까? 수억의 정자가 필사의 힘으로 난자를 향해 돌진하는 격렬한 소리, 지구가 도는 소리, 별이 움직이는 소리, 사랑이 오는 소리……. 그 거대한 소리들을 들어 본 적이 있는가? 그 소리를 들을 수 없는 것은 소리가 없어서가 아니라 우리의 가청 범위를 벗어난 소리이기 때문이라고 한다. 보이지도 들리지도 않는 그 '소리 없는' 소리야말로 진짜 세상을 움직이는 위대한 소리임에 틀림없다.

'악기들은 제각각 신의 어린 양'이라던가. 소리의 세계는 음악으로, 음악은 다시 악기 속으로 깊어진다. 피아노와 풍금, 편종과 편경, 옥류금과 하프 등 세계의 악기들은 제 나름의 마음과 가락으로 각자의 이야기를 한다. 이해할 듯 말 듯, 만날 듯 말 듯 그 '사이'로 음악도 흐르고 삶도 흐른다.

바다를 박물관에 옮겨 놓기라도 하려는 듯 조개, 소라, 불가사리 등으로 만든 형형색색의 거대한 모빌도 장관이다. 세계 최대의 천연조개 모빌이라 한들 바다를 모두 품을 수야 있겠는가. 영겁의 망망한 바다에서 온 조개들은 저마다의 소리로 바다를 꿈꾸고 있을 뿐이다. 조개는 조개대로, 불가사리는 불가사리대로, 큰 소리 작은 소리, 붉은 꿈 노란 꿈들이 바다를 부른다.

박물관 뒤편으로 시원하게 펼쳐진 제주의 바다. 살랑거리는 바람과 반짝이는 물결 위로 드뷔시의 교향시 '바다'가 춤춘다. 조개의 꿈이 들릴까, 그 심연의 출렁거리는 마음과 요동치는 가락이 느껴질까 귀를 쫑긋 세우지만, 바다는 그저 고요하기만 하다. 내 귀의 상상력은 파도만도 못한 것일까? 아직 갈 길이 멀었나 보다.

세상의 모든 소리

'보고 듣고 만지고 느끼는 소리의 문화 공간'을 표방한 제주 소리섬박물관은 소리 저장의 역사, 생명의 소리, 한국의 소리, 세계의 악기 등을 주제로, 소리와 관련된 유형의 볼거리 체험거리를 통해 무형의 소리 세계로 안내한다. 바닥에 건반이 그려진 풋 피아노, 줄 없는 하프를 직접 연주해 볼 수 있고, '생명의 소리방'에서는 엄마와 태아의 심장 소리, 생명 탄생의 소리 등을 온몸으로 체험할 수 있다. 휴대용 음성안내기를 대여하면 전시품별 설명을 들을 수 있다.

소리섬박물관

이용 시간 09:00~18:30(하절기 20:00)
휴관일 **연중무휴**
관람료 대인 6,500원, 소인 4,000원

가는 길
버 스 제주공항 또는 서귀포 경남호텔 앞에서 리무진버스
　　　　 승차 → 중문관광단지 하차
자 가 용 제주공항 → 평화로(구 서부관광도로) → 창천삼거리
　　　　 → 중문관광단지
　　　　 서귀포 시청 → 삼배봉 → 신시가지 → 중문관광단지

제주도 서귀포시 색달동 2864-36번지
064-739-7782

비슷한 테마의 다른 박물관
참소리축음기에디슨과학박물관 | 강원도 강릉시 저동 35-1, 36번지
033-655-1130~2 www.edison.kr

나의 잉카, 나의 콘도르

중남미문화원 병설 박물관

엘 콘도르 파사 El Condor Pasa. 팝송이 영어
공부에 큰 몫을 하던 시절, 사이먼 앤 가펑클이 감미로운 목소리
로 나긋나긋 들려주던 그 노래로 나는 '가정법'을 익혔다. '달팽
이가 되기보다는 참새가 되고 싶어요(I'd rather be a sparrow than a
snail / Yes I would, if I could, I surely would)'로 시작해, 스스로가
주인이 되는 자유로운 삶에 대한 소망을 읊은 것이다. 지금도
would와 could의 차이에 대해 이보다 더 간결 명확하게 설명해
주는 예문은 없다고 생각하지만, 그 노래가 내게 남긴 것은 영문
법 지식이 아니라 '자유 의지'였다.

　그 노래의 원곡이 있다는 것은 나중에야 알았다. 스페인 통치
하의 인디오들 사이에서 구전되던 노래는, 마추픽추를 떠날 수밖
에 없었던 잉카인들의 슬픔과 부활의 열망을 이렇게 읊었다.

　'하늘의 주인 위대한 콘도르여 / 나를 안데스로 데려다 다오 /
내 고향으로 돌아가 내 형제들과 / 그곳에서 살고 싶단다. (중략)
형제들아 날 쿠스코 광장에서 기다려 다오. / 우리가 다시 만나 /
마추픽추도 우아이나픽추도 함께 오르게.'

　매 목目의 맹금류 가운데 가장 큰 종種이라는 콘도르는 잉카
인들의 수호신이자 '어떤 것에도 얽매이지 않는 자유'의 상징이
었다. 20세기 초에 페루의 작곡가가 1780년에 일어났던 농민 반
란을 주제로 한 오페레타의 테마 음악으로 악보에 옮겼고, 후에
사이먼이 번안해 불렀다고 한다. 안데스 고유 악기로 다시 들어
본 '엘 콘도르 파사'는 장엄하고 비장했다. 영겁의 허공과 시간

을 가르며 마추픽추를 유장하게 선회하는 콘도르. 그는 진정한 자유, 세상의 주인인 듯싶었다.

그런데 우리말로 번안된 노래 '철새는 날아가고'에서는 잉카 부활의 수호신이자 자유의 상징 콘도르가 한낱 가버린 사랑에 눈물 흘리는 철새가 되었다. 하긴 오늘날 마추픽추에는 관광객들을 위해 따로 동원되는 콘도르가 있다던가. 진정한 날갯짓을 잃어버린 콘도르. 그것이 대 잉카제국의 서글픈 운명 같기도 하고 오늘날 중남미의 암울한 현실 같기도 했다. 아니, 어쩌면 이방의 문화를 대하는 우리의 자세를 탓해야 하는 것은 아닐까? 중남미박물관 앞에서 나는 익숙한 듯 낯선, 그 손님을 맞는 예의에 대해 고민하고 있었다. 내가 만나고 싶은 건 진짜 콘도르지 참새도 철새도 아니기 때문이다.

30여 년 동안 중남미의 외교관을 지낸 이복형 대사 부부가 수집한 3천여 점의 유물을 기초로 하는 이 박물관은 중남미 문화에 관한 일종의 종합선물세트라 할 만하다. 인디오 토착문화와 콜럼버스 '발견' 후의 300여 년간의 식민 시대, 그리고 19세기 이후 독립 국가들에 이르기까지, 그 복잡한 역사와 유물의 다양함이 조금은 부담스럽기도 하다. 그 유물이 보물이 되느냐, 잡동사니가 되느냐는 그 앞을 지나가는 '나'에게 달려 있음에랴.

관심도 가지가지일 것이다. 마야, 잉카, 아스텍 등 사라진 문명에 대한 탐구심 많은 어린이? 죽기 전에 꼭 가보아야 할 곳으로 마추픽추와 아마존, 이스터 섬을 꼽는 모험심에 불타는 소녀?

쿠바 혁명과 체 게바라에 열광하는 젊은이? 네루다, 보르헤스의 이름이 익숙한 문학도? 디에고 리베라, 프리다 칼로의 예술 앞에서 아팠던 기억 하나쯤 갖고 있는 화가 지망생? 피아졸라, 보사노바의 원류를 찾는 재즈 뮤지션? 정열의 라틴 댄스에 푹 빠진 노부부? 펠레가 꿈인 축구 선수? 한 번쯤 일탈하여 리우 축제에서 광란의 시간을 가져 보리라 벼르는 아무개? 역사건 혁명이건 예술이건 스포츠건 간에, 그 어느 한 자락에 기대어 각자의 콘도르를 찾아 나설 뿐이다. 이때 박물관은 광활한 팜파스가 되고, 때로 늙고 젊은 봉우리가 되고, 또 때로는 탱고가 흐르는 도시의 허름한 뒷골목이 된다.

인디오의 태양신 아래 세련된 스페인식 석조 분수대가 놓인 중앙 홀은 토착 문화와 식민 문화의 공존이라는 중남미 문화의 정체성을 상징적으로 보여 준다. 성당 제단을 비롯해 가구 등 지배층의 문화에는 정복자의 영향이 확연하지만, '오하카 자수직물'이나 도자기 공예에서 잘 드러나듯이 일상에 면면히 뿌리 내린 건강한 생명력이 아니었다면 솔직하고 경쾌함을 매력으로 하는 라틴 문화는 존재하지 않았을 것이다. '노래꾼이 침묵하면 삶도 침묵하는'* 법. 그들을 따라 울고 웃던 안타라, 차랑고와 케나**는 때로 생에 감사하고, 때로 분노하면서 독특한 라틴음악 세계를 개척했다. 바람과 혁명 속에서 그들의 삶은 그렇게 깊어 갔다.

그러나 끊임없이 거부할 수 없는 일탈의 욕망에 시달렸음이 분명하다. 인디오의 카니발 의식 때 쓰던 200여 점의 가면은 종잡을 수 없는 인간에 대한 패러디인 듯, 인생의 선문답인 듯 보인다. 어디 인디오들뿐이겠는가. '얼굴 없는 주인 밑의 무기수가 되어 / 이름표 하나 달고 사는 / 유령 같은 생을 때려치우고'*** 싶은 모든 인간의 몸부림으로 다가온다. 사방으로 돌려 가며 쓸 수 있는 통가면, 두 개의 얼굴이 있는 쌍가면, 입 대신에 뿔이 달린 죽음의 가면, 젊음·늙음·죽음이 파노라마로 표현된 인생경로 가면 등 다면多面, 다기능多技能의 가면은 모순 덩어리 '나'의 얼굴 밑에 숨어 있는 무수한 자아들의 표출일 것이다. 불행하게도 '탈바꿈'은 유희나 축제에서만 가능한 일이다.

삶이 언제 진정 나의 것이었던가? 언제 진짜 나였던가? 알 수 없는 상징과 기호들로 빼꼭한 아스텍 '태양의 돌' 앞에서 물어본다. 불길 속에서 생명을 얻는다는 태양을 살리기 위해 심장과 피를 바친 인신공희人身供犧는 생명을 얻기 위해 생명을 바쳐야 하는 역설적 숙명을 말한 것은 아니었을까. 모든 것을 바쳐야만 진정하게 얻을 수 있는 것, 그것이 사랑이고 삶이고 또 다른 자아인 것을. '욕망이 육화하고 사랑이 육화하고 / 노예의 겨드랑이에서 날개가 돋아나는'*** 그날을 꿈꾸는 나는 과연 무엇을 바쳤는가? 나의 잉카, 나의 콘도르를 위해 무엇을 바칠 수 있을까?

---

* 아르헨티나 민속 음악가 오라시오 과라니의 노래 '노래꾼이 침묵하면'에서.
** 안데스의 전통 악기. 안타라는 팬 플루트, 차랑고는 소형 기타, 케나는 피리다.
*** 1990년 노벨 문학상을 받은 멕시코의 시인 옥타비오 파스Octavio Paz의 시 '태양의 돌' 중에서.

라틴 아메리카와 친구하기

일반인들에게는 아직 낯선 중남미 지역의 문화와 예술에 대한 이해를 돕고자 중남미문화원 내에 설립된 박물관. 중남미의 대표적 문화인 마야, 아스텍, 잉카 등의 고대 유물부터 현대에 이르기까지 다양한 중남미의 문화를 보여 준다. 중앙 홀의 석조 분수를 중심으로 한 다섯 개의 전시실에는 토기, 스페인 점령 당시의 상류 문화를 재현한 방, 석기와 목기, 가면, 생활용기와 민속공예품이, 또 홀에는 도자기가 전시되어 있다. 또한 문화원 내에 미술관과 야외 조각공원도 자리 잡고 있어 중남미 문화의 정취를 한껏 느낄 수 있다.

중남미문화원 병설 박물관

이용 시간 10:00~17:00(11~3월), 10:00~18:00(4~10월)
휴관일 연중무휴
관람료 성인 4,500원, 학생 3,500원, 12세 이하 3,000원
　　　40명 이상 단체 관람 시 20% 할인

가는 길
버　　스 3호선 삼송역 8번 출구 → 마을버스 53번 또는
　　　　 333, 330, 703번 버스 승차 → 고양동 시장 앞 하
　　　　 차 → 건너편 편의점 골목 도보 10분
자 가 용 통일로 IC → 벽제 필리핀참전비 앞 신호에서 우회
　　　　 전 → 65번 국도 2km → 중남미문화원 표지판 확
　　　　 인 후 좌회전

경기도 고양시 고양동 302-1번지
031-962-7171 www.latina.or.kr

나도 때로 흔들리고 싶다

한국대나무박물관

국어 시험이었는지, 미술 시험이었는지, 중고교 시절 한두 번쯤 헷갈렸던 문제 하나가 문득 떠올랐다. 세한삼우歲寒三友, 사군자四君子, 오우가五友歌의 소재는? 또는 관계없는 것은? 담양으로 대나무를 보러 가는 길에서였다. 매난국죽이니 수석과 송죽이니, 비슷비슷하게 겹치는 이름들을 넣었다 뺐다 하며 외우기에 열중했던 시절. 그 이름들이 상징하는 군자의 품성은 우리가 추구해야 한다고 배운 이상적인 삶의 덕목이기도 했다.

그중에서도 유일하게 세 가지에 모두 포함되는 것이 대나무다. 대쪽 같은 선비의 삶. 참으로 근사해 보이기는 했지만, 그때는 대나무나 그 상징성에 기댄 그럴 듯한 삶의 이상에 대해 진지하게 고민해 볼 나이는 아니었다. 조금은 시대착오적이지만, 이제 와서 군자니 선비니 그 삶의 실체를 놓고 복잡한 생각들이 왔다 갔다 하는 것을 보면, 일가를 이룬 학자도 못 되는 주제에 그저 책이나 옆에 끼고 앉아 선비인 척 행세하고픈 내가 그간 잘 살아온 건지, 이렇게 살면 되는 건지 돌아볼 때가 되었나 싶다.

그렇다고 사시사철 변함없는 그 올곧음의 미덕을 새삼스럽게 상찬하고 싶은 마음은 조금도 없다. 돌이켜 본 내 삶이 전혀 그렇지 못해, 작은 변명거리라도 건져 보려는 심사였을까. 언제부턴가 나는 '대쪽 같은' 그 무엇의 내면과 뒷모습이 자꾸 궁금해지기 시작했다. 대나무박물관에 들어서면서, 그래, 네가 얼마나 잘 났는지 어디 한번 보자 하는 삐딱한 심보로, 하늘을 찌를 듯 기개를 뿜내는, 부러질지언정 휘어지지 않겠다는 차디찬 그에게 시비를 걸어 보기로 했다.

전 세계적으로 120속 1,250종이 있고, 우리나라에만도 왕대와 죽순대, 솜대를 비롯해 54여 종이나 분포되어 있다는 대나무. '나무도 아닌 것이 풀도 아닌 것이⋯⋯.' 윤선도가 오우가에서도 읊었듯이, 과학적 분류로 대〔竹〕는 벼〔禾〕과에 속한다. 닳도록 외운 구절이건만, 늘 푸른 절개의 상징인 대나무가 실은 이리 눕고 저리 눕는 '풀'이라고? 풀과 나무의 경계에 있는 대나무는 그 정체성부터 흥미로운 화두를 던진다.

문학적 상징과 미술의 화제畵題로만 익숙했을 뿐, 한 번도 뿌리와 땅속줄기를 본 적이 없었던지라, 헤일 수 없이 많은 잔뿌리들이 다듬지 않은 수염처럼 엉겨 붙어 있는 숨은 밑동의 발견은 놀라움 그 자체였다. 해가 갈수록 굳세어지고, 마침내 그 기개가 하늘에 닿을 듯 높아만 가는 동안 그 많은 뿌리는 더욱 더 지리멸렬하게 얽히고설키면서 땅속을 파고들었을 터이다. 더욱이 수평으로 뻗어 번식하는 땅속줄기의 낮은 포복이 아니었더라면 현기증 나도록 빽빽한 수직의 대숲도 존재할 수 없었으리라는 깨달음이 죽비가 후려치듯 다가왔다.

대나무의 기개, 아니 그 뻔뻔함은 우러러 받들어야 할 미덕이 아니라 차라리 비난의 대상이 되어야 하는 것인지도 모르겠다. 그러자 그 뿌리와 밑동으로 만들었다는, 다소 혐오스러운 첫인상을 주었던 대나무 인형의 얼굴이 십일면관음상十一面觀音像이거나 천불두상千佛頭像이라도 되는 듯 성스럽게 다가왔다. 한 올 한 올, 낱낱의 뿌리들이 내가 부처로소이다 속삭이면서.

한동안 발레리나 강수진의 일그러진 발, 축구 선수 박지성의 상처투성이 발이 인터넷에 떠돌 때 우리는 숙연해 하지 않았던 가. 그것은 백조가 된 그녀의 날갯짓에 넋을 빼앗기고, 그라운드 를 휘젓는 그의 지칠 줄 모르는 열정에 환호하면서 정작 그들의 뼈를 깎는 고통과 인내의 세월은 미처 살피지 못했던 우리의 어 리석음에 대한 일종의 속죄 의식 같은 것이었으리라.

대나무가 상징하는 강직한 기품의 이면에는 겸허한 쓰임의 미학이 적지 않다. 그 쓰임은 '대쪽 같은 지조'만으로 이루어진 것이 아니다. 난세의 죽창竹槍이나 죽시竹矢가 되어 적을 무찌르 는 것만이 대수이겠는가. 아름다운 시를 적는 붓대이거나 태평성 대를 노래하는 대피리는 어떤가. 죽부인과 대자리, 부채는 여름 밤의 서늘한 애인이나 벗이 되고, 소쿠리와 채반으로는 일용할 양식을 나르고 담아내지 않았던가.

문무와 예악과 성속을 넘나드는 다양한 대나무의 쓰임에서 '곧음' 자체는 미덕이 될 수 없다. 휘어지고 단장되어서(채상彩箱) 혹은 불로 지져져서(낙죽烙竹), 또 어깨를 나란히 한 채 엮여서(죽 렴竹簾), 때로는 삿갓도 되고 참빗도 되어 우리의 일상을 지켜 왔 던 것이다. 이때 휘어질 듯 다시 제자리를 찾는 탄력이 부족하거 나 서로 적당한 거리를 두고 어울리지 않았다면 그들은 모두 쓸 모없는 것들이 되고 말았을 것이다. 대나무의 기품이란 절대로 꺾이지 않는 기개나 세파에 아랑곳 않는 고고함이 아니라, 세상과의 어울림이고 타인과의 관계에서 지켜야 할 예의인 셈이다.

그러나 대나무에 대한 우리의 기대는 참으로 집요하다. 대한 민국 검찰의 로고가 대나무 문양으로 바뀌었다던가? 엄정한 법 집행을 뜻하는 '칼'의 이미지에 대나무를 차용해 정의, 진실, 인권, 공정, 청렴을 상징하는 다섯 개의 대마디로 표현한 것이라는데, 칼끝의 우격다짐으로 얻어 내는 정의와 진실이 얼마나 의미 있는 것일까. 그것은 어쩌면 대나무에 대한 모독이 아닐까.

대숲을 거닐다가 김삿갓을 생각했다. 삿갓 쓰고 죽장 짚은 그가 도포 자락을 휘날리며 성큼성큼 걸어온다. 슬픈 것도 같고 행복한 것도 같은 노랫가락도 가만가만 들려온다. '요 내 가슴엔 수심도 많고 / 쾌지나 칭칭나네 / 대밭에는 마디도 많다 / 쾌지나 칭칭나네……'

임금님 귀는 당나귀 귀…… 메아리도 들린다. 그 너머 들릴 듯 말 듯 무수한 소리들이 이명처럼 서걱대기 시작한다. 그것은 분명 대숲을 스치는 청량한 바람 소리가 아니다. 차라리 그 마디 마디 들어찬 어둠과 공허를 견디고 서 있는 저마다의 대나무들이 내지르는 절규이다. 그래, 나는 풀이다. 더 이상 내게 곧으라 강요하지 말라. 바람 부는 대로 휘청휘청 흔들흔들 그렇게 살고 싶으니. 생의 마지막에나 피울 수 있다는 그 꽃을 위하여서라도.

대숲 사이로 부는 바람

'대나무의 모든 것'을 한자리에서 만나 볼 수 있는 국내 유일의 대나무박물관. 본관은 다섯 개의 전시실로 구성돼 있고, 야외에는 죽종장과 테마공원이 조성돼 있다. 제1전시실은 '담양의 벗 대나무 생태를 만나다'라는 주제로 구성되어 있고, 제2전시실은 대나무 재배방법을 비롯, 공예품 제작과정을 안내하고 있다. 제3전시실에서는 실생활에 사용되는 대나무 제품과 공예품들을, 제4전시실에서는 죽물시장 미니어처를 볼 수 있다. 제5전시실에서는 약용, 식용으로 이용되는 대나무의 건강학을 만날 수 있다. 본관 뒤편의 죽종장과 산책로를 걷다 보면 시원한 바람이 땀을 식혀 줄 것이다.

한국대나무박물관

이용 시간 09:00~18:00
휴관일 연중무휴
관람료 어른 1,000원, 청소년·군인 700원, 어린이 500원
　　　　20명 이상 단체 관람 시 200원 할인
　　　　65세 이상, 6세 이하 무료

가는 길
버　스　담양 공용 정류장에서 322, 331번 승차 → 백동사거리 하차

전남 담양군 담양읍 천변리 401-1번지
061-380-3479　www.damyang.go.kr/museum

지상의 마지막 동행

목인박물관

성인^{聖人}도 시속^{時俗}을 따른다고, 오래전
할머니께서 돌아가셨을 때 간소해진 상례 절차에 대해 '범절'을
운운하며 송구해 하던 어머니가 위안 삼아 말하셨다. 전에는 어
땠는지 아는 바 없으니 어린 내 눈에는 범절깨나 있어 보이긴 했
지만. '간다 간다 나는 간다 북망산천 나는 간다……' 만장^{輓帳}
을 앞세운 상두꾼들은 주거니 받거니 노래를 했고, 꽃상여 뒤로
베옷 차림의 아버지와 오빠들이 지팡이를 짚고 휘청휘청 걸었다.
나머지 가족들과 일가친척을 위시한 긴 행렬이 동네 어귀를 돌아
선산으로 향했다. 산모퉁이엔 잔칫날처럼 큰 솥이 여럿 걸렸다.

후에 상례 문화는 급속도로 달라졌다. 상주가 곡^哭도 제대로
못 한다고 집안 어른 누군가가 흉보는 소리를 들은 것이, 그 후
아버지가 돌아가셨을 때였는지 아니면 십여 년 전 어머니가 돌아
가셨을 때였는지조차 기억이 가물가물하다. 범절 없는 자손이 되
어 버린 동안에 상여는 사라졌다. 세세한 의례를 놓고 가족들 사
이에 의견이 분분할 때면 면죄부나 되는 듯 어머니 말씀을 떠올
리곤 했다.

하긴 시속^{時俗}이 달라졌어도 한참 달라졌다. 가령 텔레비전
을 처음 보셨을 때의 할머니의 일화는 '가문의 전설'이다. 밤 9시
뉴스마다 어김없이 비춰지던 박정희 대통령의 얼굴에 "저 사람
은 왜 꼭 이 시간만 되면 남의 집 안방을 빼꼼히 들여다보누?"하
신다거나, 연속극에 겹치기 출연을 하던 여자 탤런트한테 혀를
끌끌 차며 "어떻게 어제는 이 남자하고 살고 또 오늘은 저 남자

하고 사냐?" 하셔서 우리를 포복절도하게 하셨으니. 조선의 여인
으로 태어나 근대의 소용돌이를 지나고 보니 세상은 '천지개벽'
해 있었다. 그 할머니가 꽃상여를 타고 가신 지도 30년이 넘었다.
할머니의 '전설'을 전해 듣던 아이들이 엄마 할머니가 개그우먼
이었느냐고 진지하게 묻는 통에 나는 또 한 번 나자빠질 뻔했다.

　그러나 강산이 여러 번 바뀌었다 해도, 북새통 속에 다 말라
빠진 돼지고기 한 점과 기름이 둥둥 뜬 육개장으로 허기를 채우
며 상주에게 눈도장을 찍고 나오거나 교통 체증에 막혀 오도 가
도 못 하는 영구차를 보는 일은 쓸쓸하다. 그럴 때면 구슬프면서
도 따뜻했던 상여꾼들의 노랫가락이 그립고, 할머니의 꽃상여와
그 행상行喪의 추억이 오히려 한바탕 축제처럼 생각나곤 했다.
가시는 걸음걸음 놓인 그 꽃을 사뿐히 즈려밟고 가시라는, 죽어
도 아니 눈물 흘리겠다는 간절한 마음과 함께.

　덧없어 슬픈 꽃보다는, 누군가라도 동행이 되어 준다면 차마
떠나지 못하는 마음이, 아니 차마 보내지 못하는 마음이 조금은
더 위로가 되었을까? 삶과 죽음이 사람의 소관이 아닌 까닭에,
조상들은 그 누군가를 나무로 깎아 상여에 함께 태웠다. 바로 목
인木人이다.

　목인박물관. 이름만큼이나 정겨운 그곳에 말 그대로 나무로
만든 사람의 형상들이 모여 있다. 목우木偶라고도 불리는 이 조
각상들은 대부분 조선 후기의 유물로, 불상 등의 종교 조각부터
부장용 목용木俑, 제사용 목어木魚, 혼례용 목안木雁에 이르기까

지 모양도 쓰임새도 다양하고 올망졸망 소박하고 예쁘다. 그중에서도 상여 장식용 목 조각품들이 단연 돋보인다.

우리나라만의 독특한 풍습인 상여는 비록 시신을 운반하는 도구였지만 지상에서의 마지막 집이기도 하여 집처럼 난간과 툇마루가 있는 누각 형태를 취했다. 또 현세에서 누릴 수 있는 마지막 호사라 여겼기 때문에 최대한 화려하게 치장했다고 한다. 상여의 네 귀퉁이에는 봉황 등의 서수瑞獸를, 앞뒤 상단에는 벽사辟邪의 의미로 도깨비 형상을 한 반달 모양의 용수판龍首板을 달아 저승길의 삿된 잡귀를 물리치도록 했다. 난간에는 연꽃과 모란 또는 새와 물고기가 있는 화려한 꽃판으로 장식하였는데, 이는 내세의 낙원에 대한 염원으로 해석한다.

더 중요한 것은 목인 — 바로 사람들이다. 호랑이나 해태를 타고 있는 선비, 학을 탄 동자, 명부를 든 사자 등 상징적인 인물보다는 망자 주변의 실제 사람들이 한결 친근하다. 차마 떨치고 가야 할 가족인 듯 남매와 부부도 있고, 때로 아옹다옹했을 저잣거리의 이웃도 있다. 관을 지키는 사람으로 생각되는 무사가 일제 시대에는 순사로 바뀌는 시속의 변화도 엿보인다. 시집올 때 파 가지고 온 호적을 저승길까지 안고 가는 '호적을 든 여인', 말 탄 선비와 함께 있는 '본부인과 첩'은 가부장제 봉건 사회의 여자의 일생을 함축하고 있다는 점에서 흥미롭다.

그러나 모든 짐을 내려놓고 삶을 하직하는 터에 무슨 번뇌와 집착이랴? 악사와 무녀, 남사당패의 목인들이 질펀한 굿판을 벌인다. 북 치고 장구 치고 피리를 불며, 무등 타고 재주 넘을 때 시름도 날리고 한숨도 버렸으리라. 원시 조각의 그것처럼 상징성만으로 표현한 단순하고 소박한 형태, 원색의 화려함은 그들의 떠들썩한 동행을 한층 생동감 넘치게 전달한다. 이 한바탕 흥겨운 놀이가 끝날 때쯤이면, 죽음은 더 이상 두려워 내쳐야 할 금기가 아니라 자연스러운 삶의 완성으로 다가오지 않았을까? 지상에서의 마지막 길에 익살과 해학으로 동행한 목인은 애초에 둘이 아닌 삶과 죽음을 이렇게 화해시킨다.

할머니. 철이 들 무렵에 돌아가셨으니 당신의 삶에 대해 이러쿵저러쿵할 수도 없지만, 엄마로 아내로 며느리로 살아 보니 짐작되는 바가 적지도 않다. '산 사람보다는 귀신들과 더 자주 밤새우는 / 제사상만 책임져야'* 했을 당신의 상여는 더 아름다워도 좋았으리라는 생각이 들자, 범절 운운하시던 어머니의 마음을 알 듯도 했다.

어쩌면 살아가는 일이란 자신의 상여가 있는 풍경을 그려 가는 일이 아닐까. 먼 훗날의 시속은 과연 내 상여를 어떤 모습으로 바꾸어 놓을지 짐작조차 할 수 없지만, 사랑하는 사람들의 가슴속에 따뜻한 의미로 남을 때 작별도 그만큼 아름다울 것이다. 메멘토 모리Memento Mori. 죽음을 기억하라? 그것은 죽음이 아니라 삶을 성찰하라는 경고임에 틀림없다. 물구나무를 서고 있는 재주넘는 광대가 일러 준다. 때로 거꾸로 보아야 할 세상에 대한 은유처럼.

* 유안진의 시 '며느리' 중에서.

표정이 있는 나무들

종교와 주술, 관혼상제, 일상생활에 쓰였던 국내외
의 각종 목 조각상들이 전시되어 있다. 화려한 색,
다양한 형상의 목인들은 작품마다 개성과 재기가 넘
친다. 이 박물관의 특색은 소장품을 마음대로 만질
수 있고 사진을 찍을 수 있다는 것. 박물관이 권위
적이고 엄숙할 필요가 없다는 김의광 관장의 철학이
담겨 있다. 관람을 마치고 나면 옥상 정원에서 무료
로 제공되는 커피, 녹차 등의 음료를 마시며 여유로
움을 만끽할 수 있다. 회원으로 등록하면 5회 관람
시 1회 무료 관람이 가능하다. 담쟁이덩굴로 덮인
박물관 건물 자체가 하나의 볼거리다.

목인박물관

이용 시간 10:00 ~19:00(입장 마감 18:30)
휴관일 매주 월요일, 1월 1일, 설날 · 추석 당일
관람료 일반 5,000원, 19세 미만 · 65세 이상 3,000원

가는 길
버　스 조계사, 종로경찰서를 경유하는 모든 버스
지 하 철 1호선 종각역 3-1번 출구, 3호선 안국역 6번 출구
자 가 용 조계사 맞은편 청석골길(인사동 거리 내 쌈지길 맞
　　　　 은편 골목) 내 공영주차장

서울시 종로구 견지동 82번지
02-722-5066　www.mokinmuseum.com

가끔은 주목받는 생이고 싶을 때

약한 자여,
부디 그대 이름이 사랑이기를!
여자도 어머니도 아닌.

바다를 건너는 법

국립등대박물관

운명이라 해야 할까. 바다는 전장戰場
이다. 《노인과 바다》에서 늙은 어부의 바다가 그렇고, 《백경》에
서 사투하는 에이햅 선장의 바다가 그렇다. 터너가 즐겨 그린 〈폭
풍우 속의 바다 풍경〉, 제리코의 〈메두사의 뗏목〉에서도 그렇다.
소설이나 명화처럼 극적인 인생에서만 그런 것은 아니다. '바다
가 육지라면 배 떠난 부두에서 울고 있지 않았을 것'이라거나,
'당신과 나 사이에 저 바다가 없었다면, 쓰라린 이별만은 없었을
것'이라 노래하는 누군가에게도 마찬가지다.

피할 수도 포기할 수도 없는, 저마다 건너야 할 '바다'가 있
다. 그 바다는 잔잔할 때도 있지만 목숨을 걸어야 할 만큼 사납기
도 하다. 길은 애초에 없었다. 보이지 않는 길 위로 모험과 사랑
이 오고 가는 동안, 신대륙이 발견되고 바닷길이 열렸다. 그러나
바다는 여전히 넓고 깊고 또 험하다. 항해술의 핵심은 진행 방향
의 설정과 변경이다. 선박이 진행 방향을 정하기 위해서는 우선
자신의 위치를 파악해야 하는데, 이때 위치 파악의 기준이 되는
것이 바로 선박 외부의 육상 표지물이다. 그 항로표지의 대명사
는 단연 등대다.

기원전 280년, 이집트 알렉산드리아 항港에 세운 인류 최초
의 파로스 등대는 높이 110m에 수백 개의 방이 있는 거대한 대
리석 빌딩으로, 나무나 송진을 태워 불을 밝혔다고 한다. 해저고
고학의 발굴로 드러나기 시작한 이 어마어마한 등대의 실체 앞에
나는 차라리 두려움을 느낀다. '세계 7대 불가사의'라는 찬사는

인간의 위대함이 아니라 그 어떤 위대한 권력자도 극복하지 못한 '바다'의 이야기로 들리기 때문이다.

'악령이 출몰하던 조선의 바다'에 등대가 등장한 것은 20세기 초의 일이다. 1903년 인천 앞바다 팔미도에 첫 등대가 점등한 이래 우리나라는 현재 700여 기(유인등대 43기)의 등대가 바닷길을 밝히고 있다. 최첨단 위성항법 장치 등 해양 과학기술의 발달로 이제 등대는 낭만이 아니라 과학이라고 말한다. 그러나 멀리서 반짝이는 작은 등대가 마르고 닳도록 희망인 까닭은, 오늘도 항로를 잃고 밤바다를 떠도는 누군가에게는 과학보다 위로가 필요하기 때문이다. 지금 나는 어디쯤 있는 것일까? 마음이 신산하고 갈피를 잡을 수 없다면 등대를 찾아야 할 시간이다.

한반도 최동단의 호랑이 꼬리, 호미곶虎尾串에 가면 등대박물관이 있고, 2008년에 100주년을 맞은 호미곶 등대가 있다. 1908년. 영국 런던에서 제4회 올림픽이 열렸다는 그해, 한국사 연표는 일제가 동양척식주식회사를 설립했다고 기록하고 있다. 을사조약은 3년 전, 한일합방은 2년 후의 일이다. 단발령 시행 후 우리 어머니 아버지의 어머니 아버지가, 모던 걸 모던 보이를 자처하며 신식 학교를 기웃거리기도 했던 시절이었다. 일본이 청일전쟁에서 승리하고 대륙 진출의 기반을 다지고 있을 무렵, 일본수산실업전문대학 실습선(쾌응환快應丸)이 포항 대보 앞바다를 항해하다가 암초에 좌초되었고 승선자 네 명이 사망했다고 한다. 호미곶에도 '제국의 불빛'이 켜지게 된 배경이다.

철근을 사용하지 않고 벽돌로만 지은 건축적 걸작이라는 하얀 등대는 과연 '명품 등대' 답다. 반듯하고 늠름한 자태를 안정감 있게 받쳐 주는 팔각의 하단부나 그리스 신전을 연상시키는 창문 등 근대 제국의 위용이 물씬하다. 등탑에 오르는 108개의 주물 층계, 조선 왕조의 상징인 자두꽃인지 일본 왕실 문양인지 의견이 분분한 등탑의 꽃문양 등은 아름답기로 정평이 있지만, 식민지 근대의 그림자는 곳곳에 집요하게 드리워져 있다.

문화재(경상북도 지방기념물 제39호)로 지정된 후, 등대 출입이 제한된 것은 안타깝지만 다행히 시공을 초월한 등대 여행으로 우리를 초대하는 등대박물관이 바로 옆에 있다.

등대지기의 '거룩하고 아름다운 사랑의 마음'을 기대했던 탓일까. 고독하고 궁핍한 '등대원의 방'은 조금 낯설다. 환상 속의 그대가 아닌 기술 공무원, '항로 표지원'의 하루가 숨 가쁘다. 여세를 몰아 조타실이 재현된 운항 체험실의 대형 모니터 앞에서 키를 잡고 북북서로 진로를 돌린다. 길길이 날뛰는 폭풍우를 지나고 한 치 앞을 내다볼 수 없는 안개 속을 헤매고 있을 때, 저 멀리 작은 등대 하나가 보석처럼 반짝인다. 마침내 항구에 닻을 내리는 항해사의 안도감과 성취감이 이런 것일 테지.

전기가 사용되기 전에 쓰였을 축전지 운반용 지게와 주유기, 안개피리〔霧笛〕와 안개종〔霧鐘〕, 크고 작은 등명기燈明器들, 알록달록한 부표, 옛 등대의 현판 등 낡고 오래된 유물들이 지난 100년간 바다를 밝혀 온 불빛들이다.

등대의 생명이 불빛이라면 등명기, 그중에서도 무수한 굴절

면의 렌즈를 가진 회전식 등명기는 오늘날 등대의 심장이다. 사람이 저마다 고유한 성질을 가지고 있듯이 등대 또한 색깔, 모양 뿐 아니라 신호하는 방식이나 빛의 성질이 다르다고 한다. 항해자들은 이 등질燈質, 즉 등대로부터 빛이 방사되는 시간의 길이와 속도를 보면서 각 등대를 식별하고 자신이 가야 할 길을 확인하기 때문이다.

'불리기 전에는 노래가 아니듯, 울리기 전에는 종이 아니듯' 등대의 진가 또한 밤에 드러난다. 어둠이 내리자 호미곶 등대의 12초 1섬광, 광달거리 35km의, 냉혹하리만치 곧은 한 줄기 빛이 밤바다를 비추기 시작했다. 수십 km에 이르는 이 차갑고 엄정한 직선의 불빛은 실은 등명기 렌즈의 무수한 굴절이 있어 가능한 것이라고 한다. 줏대 없이 휘둘리며 사는 나 자신에 대한 연민일까. 척추처럼 관통하는 그 곧고 곧은 빛 앞에서 우연히 발견한 흔들림과 꺾임의 의미가 이렇게 반가울 수가 없다.

'흔들리지 않고 피는 꽃이 어디 있으랴.' (도종환) 삶이라는 전장, 그 망망대해를 건너는 방법도 어쩌면 꺾이고 흔들리며 나아가는 것일지 모르겠다. 냉혹한 직선 밑에 감춰진 곡선의 마음. 그것이야말로 냉정한 과학, 인정사정없는 문명의 횡포 속에서도 감히 한 편의 시를 꿈꿀 수 있는 이유가 아닐까. 끝내 속마음을 내비치지 못한 등대, 그 백년의 고독이 문득 안쓰럽다.

바다의 삶을 비추어 온 마음의 불빛

산업기술의 발달과 시대의 변화로 사라져 가는 항로
표지 시설과 장비를 영구히 보존, 전시하기 위해 건
립되었다. 세계의 유명 등대와 우리나라의 아름다운
등대, 등대의 역할 등을 한눈에 볼 수 있다. 전시실
은 등대원 생활관, 운항체험실, 등대과학관, 등대유
물관 등 여섯 개 공간으로 구성돼 있다. 이외에도
해양관, 야외전시장, 수상전시관, 테마공원 등 다양
한 볼거리를 갖추고 있다.

국립등대박물관

이용 시간 09:00~18:00(화~금요일)
　　　　 09:00~19:00(3~10월 토요일 및 연휴기간,
　　　　 연휴 마지막 날과 11~2월은 18:00까지)
　　　　 폐관 30분 전 입장 마감
휴관일 매주 월요일, 설날 · 추석 당일
관람료 무료

가는 길
버　　스 포항 시외버스터미널 200번 좌석버스 → 구룡포 위
　　　　 판장 정류소 하차 → 203번 좌석버스 환승 → 호미
　　　　 곶해맞이광장 앞 하차
　　　　 포항 고속버스터미널 101번 버스 → 종점 하차 →
　　　　 113번 버스 환승 → 호미곶해맞이광장 앞 하차

자 가 용 포항 31번 국도 → 동해면, 등대박물관 안내 표지판
　　　　 → 고가다리 아래로 내려 좌회전 → 925번 지방도로
　　　　 → 호미곶해맞이공원 주차장
　　　　 포항 31번 국도 → 구룡포 시내 진입 → 등대박물관
　　　　 안내 표지판(17.5km) → 925번 지방도로 → 호미곶
　　　　 해맞이공원 주차장

경북 포항시 남구 대보면 대보리 221번지
064-284-4857　www.lighthouse-museum.or.kr

화장을 지우고

코리아나 화장박물관

대학 입시를 끝내고, 거의 '개점휴업'
상태의 학교를 빈손으로 왔다 갔다 하던 딸아이가 어느 날 희희
낙락하며 돌아왔다. 학교에서 미용 강좌가 있었는데, 모 화장품
회사에서 영양 크림까지 하나씩 나누어 주었다는 것이다. 아이들
의 일거수일투족을 구속해 왔던 부모와 학교가 드디어 그 빗장을
풀어 주는 순간이라고 생각했을까. 그 합법적 자유가 꽤 감격스
러운 모양이었다. 지금이야 간섭 없이 자신을 치장할 수 있다는
사실만으로도 행복하겠지만, 머지않아 화장을 지우고 고치면서
인생의 쓴맛 단맛을 알아갈 것을 생각하니 안쓰럽기도 했다.

지하철에서 딸아이보다 두어 살 많아 보이는 두 젊은 여성의
대화를 우연히 듣게 된 것은 그 며칠 전의 일이다. 다른 친구의
흉을 보는 중인 듯했다. "○○가 남친이랑 깨졌다더라.""그럴 줄
알았어. 갠 화장 고치듯이 남친 바꾸는 게 취미잖아." 화장을 고
치듯이 남자 친구를 바꾼다? 그게 '쉽다'는 뜻인지 아니면 또 다
른 '가식'이라는 뜻인지, 표현이 다소 생소했지만 사랑과 화장
사이에는 모종의 함수 관계가 성립하는 것도 같았다.

유행가치고 사랑 타령이 아닌 것이 있으랴마는, 내 친구의 애
창곡 '립스틱 짙게 바르고'나 딸아이가 가끔 흥얼거리는 '화장을
고치고'만 해도 떠나간 사람을 잊겠다는 다짐이거나 혹 다시 만
날 수 있을지도 모른다는 설렘으로 부르는 노래이니 말이다.

생각해 보면 꼭 남녀의 사랑에 국한된 이야기만도 아니다. 우
리는 한바탕 소용돌이를 겪은 후에 목욕재계하고 몸과 마음을 단

장하곤 한다. 나만 해도 중요한 일을 끝냈거나 과음한 다음 날이
면 머리부터 발끝까지 최고로 성장을 하는 것으로 새 다짐을 삼는
다. 화장을 지우고, 고치고 또 립스틱을 짙게 바르는 것은 일종의
의식이고 선언인 셈이다. 이제부터 뭔가 달라지겠다는 스스로에
대한 각오이고, 또 그것을 안팎으로 공표하는 사회적 발언이기도
하다. 즉, 화장이란 치장의 의미를 넘어서 수많은 사회적 관계 속
에 자신을 규정짓는 중요한 자기표현이다.

입시 지옥에서 막 해방된 아이의 관심은 어떻게 하면 황진이
처럼 요염하고, 효리처럼 섹시하게 보일 수 있을까 하는 것이었
지만 나는 동문서답을 하고 있었다. "보이는 것만이 전부가 아니
다"는 진부한 경구를 중언부언하던 나는 일단 백기를 들고 화장
박물관을 찾았다.

서울 최첨단 유행의 거리에 있는 코리아나 화장박물관은 아
름다움이라는 주제에 걸맞게 세련미가 돋보이는 곳이었다. 화장
의 역사, 화장 도구, 복식과 장신구들을 둘러본 후, 전통 화장품
의 원료와 제조 과정, 화장법 등도 눈여겨본다. 인간은 언제부터,
왜 화장을 하게 되었을까. 우리나라의 화장 문화가 본격적으로
발달한 것은 삼국 시대로, 고구려 고분 벽화 속의 여인들, 백제와
신라의 기록들이 그 증거로 남아 있다. 고려 시대와 조선 시대의
유물에는 각기 섬세한 귀족 문화와 절제된 유교 문화라는 시대적
특징이 잘 드러나고 있는 듯했다.

최초의 국산 화장품 '박가분朴家粉'을 비롯한 개화기의 화장

품들은 묘한 향수를 불러 일으켰다. 내 할머니의 경대 속 풍경이 그러했을까? 아침마다 작은 화각경대 앞에서 하얗게 센 머리를 참빗으로 정성스럽게 빗고 쪽을 틀어 올리시던 장면은 어제 일처럼 또렷하다. 동백기름이 헤어 무스로, 비단 향낭이 '샤넬 No.5'로 대체되는 동안 세상은 얼마나 달라졌을까.

특별 전시 '여인 극장: 유물로 보는 조선 후기 여성 이야기' 앞에 서니 '동동구리무'를 바르셨을 내 할머니와 섹시 화장법을 궁금해 하는 딸아이의 세계는 마치 서로 다른 행성처럼 먼 곳에 있다. 돌아보면 아득하기만 한 그 깊은 세월의 강을 내 어머니와 내가 차례로 건너왔다는 사실이 오히려 거짓말처럼 느껴졌다.

'여성시대에는 남자도 화장을 한다'지만, 예로부터 화장은 여성들만의 전유물이 아니었다. 육체와 정신이 하나라고 생각했던 신라의 화랑들은 분을 바르고 장신구로 치장을 했고, 유교 윤리로 사치를 경계했던 조선 사대부들도 거울을 보고 머리를 다듬은 후 의관정제했다고 한다. 남성용 경대와 머리 손질용 도구, 복식은 상대적으로 화려하고 다양한 여성용과는 구별되지만, 몸과 마음을 아름답게 가꾸고자 하는 데는 남녀노소가 따로 없었음에 틀림없다. 기녀와 여염집 여성들의 화장법이 달랐던 것처럼 시대와 본분에 어울리는 화장의 차이가 있었을 뿐이다.

더구나 가식의 '미화' 개념이 강조되는 '화장化粧'이라는 말은 개화기 이후부터 사용된 외래어이고, 그전에는 장식粧飾/裝飾, 단장丹粧/端裝, 야용冶容 등 보다 다양한 표현이 두루 쓰였다고 한다. 그렇다면 화장은 넓은 의미에서 심신을 바르게 단장하는 예禮

의 영역, 즉 때와 장소에 따른 '토털 코디'로 봐야 할 듯싶다.

전통 향에 살구씨 등 오일을 선택해 향유를 만들어 보는 체험 코너는 '나만의 향유'를 만들 수 있다는 점에서 매력적이었다. 효리식 화장법이 그 또래 집단의 개성이 되어 버린 요즈음 '나만의 향기'를 찾는 것이야말로 무엇보다 중요한 토털 코디의 기초라는 생각에서였다.

딸아이가 자신의 향기를 찾기 위해서 앞으로 얼마나 많이 화장을 지우고, 고치고를 반복해야 할지 나는 모른다. 그래도 어쩌겠는가. 자신이 호박인지 수박인지 안 연후에야 호박에 줄 긋는 어리석은 분장을 더 이상 하지 않을 테니까.

'여자 얼굴의 나라' 황제의 좌우에 동원청(거울)을 두어, 열다섯 위성국의 일을 감찰하게 했다는 소설 〈여용국전女容國傳〉* 을 새삼 떠올린 것은 박물관을 나서면서였다. 아, 화끈한 화장법을 잔뜩 기대하고 있는 아이에게 내가 해줄 수 있는 일이란 그저 예쁜 거울 하나 슬쩍 쥐어 주는 일뿐이지 싶다. 아이가 거울 속 자신의 맨 얼굴을 자주자주 들여다보기를, 언젠가는 그 맨 얼굴의 진실을 깨닫게 되기를, 그리고 맨 얼굴과 맨 얼굴이 만나는 아름다운 관계 속에 더욱 성숙하기를 기도하면서 말이다.

---

* 조선 후기 안정복이 화장 도구를 의인화한 소설. 거울 아래 열다섯 위성국은 연지, 분, 양치, 세수, 수건, 휘건, 비누, 육향, 곤지, 면분, 납유, 족집게, 비녀, 빗, 참빗이다.

옛 여인들의 화장법

우리 옛 여인들의 화장 문화를 보존하고 널리 알리고자 탄생한 국내 최대 규모의 화장박물관. 송파松坡 유상옥 박사가 수집한 5,300여 점의 컬렉션을 기반으로 하고 있다. 두 층으로 나뉘어 전시되고 있는데, 5층 전시실은 남녀의 화장도구를 비롯하여 화장용기, 장신구 및 생활문화와 관련된 유물이 전시되어 있다. 6층으로 올라가면 화장유, 분, 눈썹먹, 연지, 세정제, 향 등과 같은 전통 화장 천연재료가 제조도구와 함께 전시돼 있어 조상들의 지혜와 미감을 체험할 수 있다. 매년 정기적으로 소장품 테마전을 개최하고 있으며, 전통 화장문화를 배울 수 있는 체험교육 프로그램이 운영되고 있다.

코리아나 화장박물관

이용 시간 10:00~19:00(4~10월), 10:00~18:00(11~3월)
휴관일 매주 일요일, 명절
관람료 일반 3,000원, 초중고등학생 2,000원
　　　　10명 이상 단체 관람 시 1,000원 할인

가는 길
지 하 철 3호선 압구정역 3번 출구 → 신사전화국 CGV극장
　　　　　매표소 샛길 → 크라제버거와 현대맨션 사잇길 → 삼
　　　　　원가든까지 300m 직진(우측)
버　　　스 141, 3422번 신구중학교 하차 → 관세청 방향 도보 5분
자 가 용 성수대교 남단 관세청 방향 → 삼원가든 옆

서울시 강남구 신사동 627-8번지 space*c
02-547-9177　www.spacec.co.kr

비슷한 테마의 다른 박물관
디 아모레 뮤지움 | 경기도 용인시 기흥구 보라동 314-1번지
　　　　　　　031-285-7215　museum.amorepacific.co.kr

가끔은 주목받는 생이고 싶을 때

유럽자기박물관

따져 보면 이상한 이름이지만, '홈세트'라 불리는 양식 디너 식기세트가 혼수품 1호였던 적이 있다. 누구나 쉽게 해외 나들이를 하던 때도 아니었고, 명품 수입 도자기가 백화점에 즐비하지도 않았던 그 시절, 어머니가 복잡한 경로를 통해서 마련해 주신 내 혼수품 1호도 일제 노리다케 홈세트였다. 잔잔한 꽃무늬가 있는 것이 지금도 나름대로 예쁘지만, 알라딘의 요술 램프처럼 생긴 스튜 그릇이나 수프 볼bowl을 포함하는 이 정찬용 양식기 세트는 우리 식생활에 그다지 어울리는 그릇은 아니었다. 아이러니하게도, '쓸모없는' 그 그릇들은 사라지기는커녕, 집집마다 영국제니 덴마크제니 화려한 접시와 커피잔들이 보태져 어느새 장식장 군단을 형성하곤 했다.

두 아이를 낳았을 때 미역국을 담아내지도 않았고, 그 아이들의 돌상에 오르지도 않았으며, 또 시어머니 생신을 비롯한 크고 작은 잔칫상을 책임지지도 않았건만 이 그릇들의 위세는 대단하다. 식구들의 일용할 양식을 외면해 왔으면서도 늘 터줏대감처럼 버젓이 장식장 한가운데에 버티고 있는 것은 왜일까? 더러는 유행이 지난 채로 자리만 차지하고 있어 이사를 하거나 묵은 살림을 정리할 때마다 버릴까 말까 갈등하지만 결국에는 슬그머니 그 자리에 다시 놓이곤 하지 않았던가. 더 이상은 부질없다 싶어 이제나 저제나 버려야지 하면서도 언젠가는, 하며 다시 꼭꼭 여미게 되는 오래된 꿈처럼 말이다.

그 '홈세트'가 어울리는 풍경이란 가령 이런 것이 아닐까. 모차르트나 브람스가 흐르는 우아한 공간, 드레스 자락을 휘날리며 사뿐사뿐 거니는 여인들, 그들의 하이 피치 웃음소리와 코끝을 간질이는 이국적인 향수 냄새, 화려한 식탁 위에서 본차이나와 크리스털이 낭랑하게 부딪히는, 마치 영화 속 한 장면 같은 아름다운 저녁 만찬 말이다.

더 이상 그릇이 아닌 그 그릇에 우리가 기탁한 것도 일상의 먹을거리가 아니라 스위트 홈의 로망, 결혼의 판타지가 아니었을까? 우리 어머니 세대가 어렵게 챙겨 주었던 혼수품 1호는 아마도 '너만은……' 하는 심정의 부적 같은 것이었을 게다.

재벌이 아니어도, 가족과 일상이라는 질곡으로부터 굳이 투사처럼 해방을 선언하지 않아도, 산전수전 겪으며 상류 사회의 문을 두드리지 않아도 그 예술과 문화가 손에 잡힐 듯이 그릇 안에 있었다. 더구나 유서 깊은 유럽 왕실의 품격을 내 집으로 불러들일 수도 있다니! 그릇의 로망. 그것은 기혼 여성들에게 언제나 거부할 수 없는 유혹이었다.

도자기의 역사와 전통으로 말하자면 우리나라를 비롯한 동양 삼국에 비해 한참 후발 주자이지만, 그릇에 대한 우리들의 로망은 유럽(식) 자기에 집중되어 있다. 그릇을 거의 예술 컬렉션의 반열에 올려놓은 그 문화와 품격이란 대체 무엇일까 궁금하다면, 백화점의 명품 매장이 아니라 유럽자기박물관으로 가야 한다.

시공을 초월한 유럽 자기 명가의 컬렉션은 또 하나의 완결된 문명이다. 마르코 폴로의 《동방견문록》을 통해 중국의 '백색 자기'가 알려진 이후, 유럽 상류사회를 중심으로 중국 자기, 특히 청화백자의 수요가 급증하자, 유럽의 왕실들은 과학자와 연금술사 등을 고용하여 '백색 금'(자기)의 자체 생산에 심혈을 기울였다고 한다. 우여곡절 끝에 독일의 마이센에서 뵈트거에 의해 유럽 최초로 자기가 생산된 것은 1709년의 일이었다.

순백의 자기 생산이 도자기의 기술적 완성을 의미했다면, 이제부터 시작되는 유럽 자기의 역사는 장식의 역사이다. 마이센의 '블루 어니언 시리즈'(중국 자기에 그려진 석류를 양파로 오인해서 그렸다고 함)를 비롯해 비교적 단아한 블루 앤 화이트(청화백자의 서양식 이름)로부터, 황금빛도 찬란한 로열 우스터의 금채 과일 그림 커피잔 세트, 식물도감을 연상케 하는 로열 코펜하겐의 '플로라 다니카' 디너 세트 등등에 이르기까지, 유럽 각국은 왕실의 후원 아래 다양하고 독특한 스타일을 창조하였다. 그릇 모으기가 취미인 사람이라면 한 번쯤 탐냈을 법한 제법 알려진 명품들로부터 자기 인형, 자기 액자들에 이르기까지 제각각 뽐내는 형태와 색채의 향연은 소리 없는 아우성이다.

영국의 웨지우드가 본차이나의 개발로 더 가볍고 더 단단한 자기 생산의 혁명을 이루자 유럽 자기는 더 화려한 색채, 더 다양하고 정교한 디테일에 심취할 수 있었다. 장식의 한계를 실험하듯 유럽 자기는 마침내 무엇인가를 담아내는 기器로서의 본연의 기능을 배반하고 자체 분열의 길을 걸어 간 듯 보인다.

항아리는 물을 담거나 꽃을 꽂기 위한 용기가 아니라 신화, 풍경, 우화 등이 그려지는 캔버스가 되었다. 특히 프랑스 왕립 자기

공장인 세브르에서 생산된 '평화의 화병'은 스스로가 목적일 뿐, 더 이상 꽃의 존재나 화병으로서의 기능을 염두에 두지 않았음을 분명히 보여 준다. 섬세한 디테일에 공을 들인 마이센의 인형들은 덧없어 더욱 아름다운 사랑과 인생을 부서질 듯 위태롭게 표현하고 있다.

한 줌의 흙으로 빚어져 가장 뜨거운 불을 견디고 마침내 탄생한 순백의 자기. 모든 것을 포용하고 모든 것을 가능케 했던 그 바탕의 존재는 이제 희미하다. 도자기는 더 이상 그릇이 아니다. 아름다움 자체로 새롭게 태어난 자기는 누군가의 무엇을 위해 쓰이지 않아도 거침없이 당당하다. 키이츠도 아름다움이 곧 진리라고 노래하지 않았던가. 그것만이 인간이 알고 있는 전부이자, 알아야 할 전부라고 한 것은 그리스 항아리 앞에서였다.

'쓸모없는' 그릇들도 충분히 아름답다. 엄마도 아내도 딸도 며느리도 아닌, 가끔은 내 존재 자체만으로 주목받는 빛나는 생이고 싶을 때, 그 쓸모없는 그릇들을 바라보는 내 눈빛은 더욱 그윽해진다.

19세기 유럽 다이닝룸으로의 초대

18세기부터 근대에 이르기까지 유럽 자기를 비롯한 유리 예술품, 앤틱 가구로 구성된 테마 박물관. 독일의 마이센, 프랑스의 세브르, 영국의 로열 우스터와 로열 덜톤, 덴마크의 로열 코펜하겐, 헝가리의 헤렌드, 이탈리아, 체코, 스페인 등의 자기 명품들을 한자리에서 만날 수 있다. 독일 마이센 작품으로 구성된 마이센 방, 19세기 유럽의 다이닝룸을 재현한 방 등은 당시의 생활상을 엿볼 수 있게 한다. 전시실 한켠에 마련된 영상실은 유럽 자기의 기원과 명가를 쉽게 이해하는 데 도움을 준다.

유럽자기박물관

이용 시간 10:00~17:00(11~2월), 10:00~18:00(3~10월)
휴관일 매주 월요일, 1월 1일, 설날 · 추석 연휴, 공휴일 다음 날
관람료 어른 1,500원, 중고생 · 군인 1,000원, 유치원 · 초등
　　　학생 700원
　　　20명 이상 단체 관람 시 200~300원 할인

가는 길
버　　스 1호선 소사역, 부천역, 송내역 → 부천종합운동장 방
　　　향 버스 탑승
자 가 용 외곽순환도로 중동IC → 부천시청 → 춘의사거리 →
　　　부천종합운동장

경기도 부천시 원미구 춘의동 8번지 부천종합운동장 내
032-661-0238 www.bcmusuem.or.kr

길 위의 전쟁과 평화

삼성화재교통박물관

어느 날 운전을 하다가 앞차에 붙어 있는 '밥하고 나왔어요!'라는 문구에 혼자 한참 웃었다. 그러다 갑자기 이게 웃을 일인가 싶었다. 여성 과학자가 우주에 가는 시대에, 세계 5위의 자동차 생산국이라는 나라에서 아직도? 라는 생각에 쓸쓸했다. '교통' 하면 지옥과 전쟁을 연상할 수밖에 없는 메마른 현실을 탓한다 해도.

집에 돌아와 최근에 운전면허를 딴 딸아이에게, 예방 차원에서 여성 운전자에 대해 이러저러한 정서가 있으니 조심하라는 요지의 말을 충고랍시고 해주었다. 그랬더니 대뜸, "엄마는 왜 비굴모드야? 재미로 그러는 거지" 하며 인터넷에서 찾은 엽기 발랄한 초보 운전용 문구들을 줄줄이 늘어놓았다. '원초적 초보 운전' '나도 내가 무서워요' '미치겠쥬? 저는 환장하겠슈' '속 타면서 막 타는 놈' '세 시간째 직진 중' '운전은 초보, 마음은 터보, 몸은 람보' 등 포복절도할 문구들이 끝도 없었다.

그런데 내 눈에는 유독 여성 운전자들의 '항변'이 심상찮아 보였다. '집으로 밥하러 가는 길입니다' '밥이 타고 있어 속도 탑니다, 비켜 주세요' 등의 애원조부터 '우리 남편 화나면 개 됩니다'라는 섬뜩한 협박까지. 그놈의 밥 타령이 여전한 걸 보면, 아줌마들 사이에 "쌀 사러 간다" "밥솥 사러 간다"던 우스개도 그냥 우스개가 아니었던 모양이다. 그래도 안 되면 남편의 힘을 빌려 협박한다니! 비굴하거나 아니면 난폭하거나 양극단의 방법만이, 보이지 않는 폭력이 난무하는 도로 위에서 여성들이 살아남는 길

93

인가 의심이 든 것은 단지 소심한 아줌마의 피해망상일까?

도로 위의 권력자, 특히 남자들에게는 자동차의 로망이라는 게 있다고 한다. 단순히 탈 것이 아니고 장난감이자 우상이며 분신이고 애마, 과학이자 예술인 그 자동차의 역사와 진품 명품의 세계를 한눈에 볼 수 있는 곳. 삼성화재교통박물관에 가는 길에 나는 언제나 수세에 몰렸던 그 길 위의 전쟁과 평화를 삐딱한 심사로 복기하고 있었다.

실내 전시장 초입, 레오나르도 다빈치의 거대한 태엽 자동차가 한계에 도전하는 인간의 꿈과 역사를 한눈에 상기시켜 준다. 이후의 자동차 발달사를 일목요연하게 정리해 놓은 자동차 연대기 앞 '벤츠 로드스터 300LS'의 도발적인 주홍빛처럼, 자동차는 단연 20세기의 도발이 아닐까. 벤츠가 최초의 가솔린 자동차로 특허를 낸 것이 1886년이었으니, 지난 100여 년의 성과가 화려할 따름이다.

그 최초의 자동차는 실은 칼 벤츠의 아내, 자동차의 어머니로 불리기도 하는 베르타 링거가 아니었다면 실용화되지 못했을 것이라고 한다. 벤츠는 '쇠당나귀'를 발명해 놓고도 어떻게 할지 몰라 창고에 처박아 두었는데, 고심하던 링거가 두 아들과 함께 남편 벤츠 몰래 그의 집 만하임에서 친정이 있는 포츠하임까지 100여 km의 로드테스트에 나선 것이었다. 엔진의 발명 과정에서도 아내의 독려가 큰 힘이 되었다고 술회한 바 있지만, 벤츠는 그 악전고투의 대장정 결과에 기초해서, 브레이크, 언덕을 오르는 힘, 핸들 조작의 문제점 등을 보완하여 네 바퀴 자동차로 실용화했다는 것이다. 인류 최초의 자동차는 한 여성의 용기로 빛을 보게 된 셈이다. 링거가 밥을 하고 나왔는지는 물론 기록에 없다.

자동차의 등장은 여성 해방에도 한몫했다고 평가된다. 특히 미국의 포드사가 '모델-T'로 자동차 대중화에 성공하자 1909년에는 여성 자동차클럽까지 생겼다. 포드사는 1922년 자동차 생산라인에 여성 기능공을 채용하기도 했다. 그러나 자격이 미혼여성이나 이혼녀에 국한되었다는 일종의 아이러니한 현실은 동서고금을 막론하고 가정의 울타리 안팎에서 흔들려 온 기혼 여성의 딜레마를 확인케 한다.

개개인의 희비야 어쨌건 간에, 이제 '한 마리의 여윈 자동차 / 기다란 다리를 가진 개와 같은 자동차 / 잿빛 유령을 떠올리는 독수리와 같은 자동차'*는 더 이상 꿈이 아니었다. '그 발들은 도로의 흙을 먹고, 날개들은 언덕을 먹으며'* 권력과 풍요를 향해 문명은 질주했으리라. 캐딜락과 롤스로이스, 할리 데이비슨과 포르쉐…… 질주의 유혹은 현기증이 날 만큼 눈부시다.

한편, '바퀴 달린 쇠망아지'가 고요한 아침의 나라에 처음 소개되었을 때의 충격 또한 짐작키 어렵지 않다. 지금도 남아 있는 임금님의 첫 자동차는 순종의 '캐딜락'과 순정황후의 붉은색 '르노', 첫 민간인 자동차 소유자는 손병희, 첫 자동차 사고를 낸 사람은 이완용의 아들 이항구, 제1호 운전면허 취득자는 이용문, 최초의 여자 운전사는 최인선 등등의 숱한 신기록들, 기생 승차금지라는 이색 칙령을 비롯해 개화 바람이 몰고 온 갖가지 일화와 함께 자동차는 서서히 일상으로 뿌리를 내렸다.**

전후 피폐한 절망의 늪에서 탄생한 우리나라의 첫 자동차 '시바-ㄹ(始發)'이 단연 눈에 띈다. 1955년 최무성 3형제가 드럼통을 두드려 펴서 차체를 만들고 미군 지프의 엔진과 변속기를 모방해 제작한 것을 조립해 생산했다니, 비록 짝퉁이라 불릴지라도 선구자는 당당하고 의연하다. 그 옆의, 조국 근대화의 기수 '새마을 픽업', 마이카의 꿈을 한층 현실화시켜 준 '포니' 등등, 고단한 시대를 건너온 차들의 면면이 한때를 풍미하고 은퇴한 희극 배우처럼 화려하면서도 쓸쓸하다.

질주와 폭력의 20세기는 이제 껍데기로 남았는가. 시간의 허물을 벗어 놓은 듯, 백남준의 〈20세기를 위한 서른 두 대의 자동차〉가 은색 갑옷 차림으로 앞마당에 정박해 있다. 이미 과거가 된 화려한 꿈들이 지난 세기의 빛과 그림자를 추억하는 듯, '모차르트의 진혼곡을 조용히 연주하다'라는 부제가 붙어 있다. 그 모든 상처와 절망을 위무하는 노랫소리가 나지막이 들리는 듯도 하다.

다시 나선 길 위에서는 여전히 만나고 부딪치고 교차하고 화해한다. 그 전쟁과 평화의 상대는 남자와 여자가 아니라 좋은 운전자와 나쁜 운전자다. 폭력과 질주의 시대는 정말 갔을까? 우리는 이제 어디로 가고 있는 것일까?

* 칼 샌드버그의 시 '자동차의 어느 초상' 중에서.
** 자세한 내용은 전영선, 《임금님의 첫 자동차》 참조.

쇠당나귀부터 하이브리드카까지

우리나라 최초의 자동차 전문 박물관으로 세계 각국
의 명차들과 자동차 메커니즘이 한자리에 모여 있
다. 1층 전시장에서는 콘셉트 별로 나뉜 8개의 구역
에서 세계의 명차와 모터사이클 전시를 감상하고 자
동차 나라, 자동차 체험나라를 통해 쉽고 재미있게
자동차와 친해질 수 있다. 2층 전시장에는 포뮬러 1,
르망 24시, 인디500 등 스피드에 대한 인간의 열
망을 담아 발전해 온 자동차 경주의 역사가 담겨 있
다. 야외 전시장으로 나가면 비디오 아티스트 백남
준의 설치 작품을 비롯, 협궤 기관차, 비행기 실물
등을 만날 수 있다.

삼성화재교통박물관

이용 시간 10:00~18:00(입장 마감 17:00)
휴관일 매주 월요일, 1월 1일, 설날 · 추석 연휴
관람료 대인 4,000원, 소인 3,000원
　　　　 20명 이상 단체 관람 시 1,000원 할인

가는 길
버　　　스 에버랜드 입구에서 셔틀버스 이용(10시, 11시, 1시,
　　　　 2시, 3시, 4시에 출발)
자 가 용 경부고속도로를 이용하여 마성IC → 에버랜드 인근

경기도 용인시 처인구 포곡읍 유운리 292번지
031-320-9900　www.stm.or.kr/museum_index.htm

비슷한 테마의 다른 박물관
세계자동차제주박물관 | 제주도 서귀포시 안덕면 상창리 2065-4번지
064-792-3000　www.koreaautomuseum.com

보이지 않는 것과 말할 수 없는 것

세중옛돌박물관

성지 순례 차, 터키 그리스 등지로 단체 여행을 떠나시는 시어머니를 배웅하는 공항에서였다. 가족들은 저마다 이런저런 당부로 작별 인사를 하고 있었는데, 일행이 거의 연세가 드신 분들이라 몸조심하시라는 내용이 대부분이었다. 그런데 웅성거림 속에서 또렷하게 들리는 말이 있었다. "혹시 박물관에 간다고 내리라고 하면 그냥 버스에서 쉬세요!"

박물관에 가자고 떠들고 다니는 것이 내 직업인지라, 그 대화에 귀를 쫑긋 세우지 않을 수 없었다. "안 그래도 피곤한데 고생고생해서 가보면, 겨우 돌 쪼가리 몇 개 갖다 놓고 박물관이라고…… 돌 나부랭이 그거 잠깐 보자고 힘들게 기운 빼지 마시라고요" 하는 것이었다.

'박물관에 가지 않아야 할 이유'에 대해 나는 일언반구도 못하고 집으로 돌아왔다. 노모의 건강을 걱정하는 한 아들의 효심 앞에서 그 '돌 나부랭이'가 인류 문명의 기원이니 문화의 꽃이니 떠드는 것이 얼마나 속절없는 짓인가 생각하면서.

하긴 돌이 말을 하는 것도 아니고, 춤을 추는 것도 아니고, 더구나 꿈쩍 않고 버티고 있는 형상이 아름답기는커녕 '미련하고 흉물스럽기' 까지 하니 그런 박물관이 왜 필요하며, 대체 거기는 뭐 하러 가느냐고 반문할 수 있겠다.

대영박물관의 초창기 시절에도 유명한 파르테논 신전 조각 등 고전 조각의 수집에 열중하자, 사람들은 불편한 심기를 여러 가지로 드러냈다. 즉, 우리한테는 빵이 필요한데 그깟 돌덩어리를 엄청난 돈을 주고 사들이는 귀한 양반들은 대체 뭐냐는 식의 신문 만평이나, 한껏 차려입은 방문객들이 이집트 혹은 아시리아의 석상 앞에서 어리둥절하고 있는 삽화 등이 있다. 아마도 그 '돌덩어리'들이 그다지 아름답게 보이지도 않거니와 그들의 삶과는 하등 관련이 없다고 생각했던 듯싶다. 정도의 차이는 있지만 대부분의 박물관들이 여전히 갖고 있는 공통된 딜레마다.

'그깟 돌덩어리들'이 무더기로 모여 있는 곳이 있다면 어떨까? 누군가가 '이름을 불러 주어' 우리에게 와 '꽃'이 되었다면? 경기도 용인의 야트막하고 고즈넉한 야외의 세중옛돌박물관에 옛 돌들이 저마다의 숲을 이루고 있다.

우락부락하고 근엄해서 무서운 것도 있고 골룸처럼 해괴하고 희화적인 것이 있는가 하면, 동네 아이들처럼 천진하고 친근한 모습도 있다. 그야말로 희로애락의 천태만상은 악다구니 같은 인간 군상의 파노라마 같았다. 아니, 선겐가 불겐가 인간이 아니기도 했고 지옥인 듯 천국인 듯 헷갈리기도 했다.

돌. 덩. 이. 태초에 그것은 무엇이었을까? 비바람에 시달리고 햇빛을 맞으며 세월을 견디던 그는 어느 날 손끝 야문 조각가를, 이름 없는 장인을, 또 어느 날 소원을 비는 아낙네를, 무료한 아이들을 만나 깨지고 어루만져지고 쪼이고 다듬어져서 새로운 인생을 시작했겠지.

장승과 솟대가 되어 당산나무 아래서 오가는 사람과 인사하며 마을의 안녕을 빌었고, 지혜로운 학자로, 용감한 무인으로 혹은 동물이 되어 무덤을 지키다가 연자방아와 디딜방아, 맷돌이 되어 곡식을 찧고 갈았을 것이다.

남근석이나 기자석이 되어 무수한 아낙들의 손에 반질반질 윤이 나도록 닳았다가, 다듬잇돌이 되어 매운 시집살이를 하는 며느리의 화풀이에 부서지도록 두드려 맞기도 했을 것이다. 하마비下馬碑가 되어 오만한 벼슬아치를 말에서 내리게 했는가 하면, 소나 말에 끌려가는 달구지도 되었다가, 구유가 되어 그들의 여물을 담은 적도 있을 것이다.

철없는 사람들의 해코지에 시달리는 일도 부지기수였겠지만, 아주 운이 좋으면 자비로운 부처님이 되어 사해의 번뇌를 다스리고, 미륵이나 못난이 민불民佛이 되어 가난하고 지친 민초들의 안식처가 되기도 했을 것이다.

그들은 자비롭게, 아프게, 거만하게, 겸손하게, 기쁘게, 슬프게, 고단하게, 비굴하게…… 그렇게들 살았을 것이다. 임금과 고관대작을 섬기고, 아들 없어 쫓겨난 아낙과 모진 시집살이에 지친 며느리를 위로하고, 때로 아이들과 섞이고 짐승과 미물조차 껴안으며, 죽은 이를 달래고, 내세울 것도 자랑할 것도 없는 필부필부를 벗하면서 생사고락을 함께했을 것이다. 그 기도를, 분노를, 사랑을, 노동을, 소망을 그리고 기쁨과 슬픔을 지켜보면서 삶을 어루만지고 죽음까지 품어 왔을 것임에 틀림없다.

역사는 개개인의 희비와 부침을 기록하지 않는다던가. 그렇다면 먼지 속에 사라지고 시간 속에 잊혀 가는 인간의 일은 각자의 가슴속에만 존재할 뿐이다. '멈춘 것도 같고 늙어 가는 것도 같은'* 그 무심한 돌덩이들은 말할 수도 춤출 수도 없지만, 어쩌면 그 세월을 낱낱이 기억하고 있을 것이다. 그래서 누군가가 가슴속 깊은 골짜기 어딘가에 꼭꼭 쟁여 놓은 아름답고 고단했던 기억의 잔편들을 꺼내어 말을 건네면, '억년 비정의 함묵에 안으로 안으로만 채찍질하여' '하마도 터지려는 통곡을 못내 견디며 한 개 돌로 눈 감고 있는'** 그들도 비로소 깨어나기 시작한다.

'꿈꾸어도 노래하지 않고 두 쪽으로 깨트려져도 소리하지 않는'** 그들이 신산한 사연을 담아 노래하기 시작할 때, 긴 침묵 속에 묻혀 있던 우리들의 세월도 함께 깨어나는 것이다. 한낱 돌덩이들이 하나씩 둘씩 아름다운 조각이 되어 우리의 '무엇' 으로 다가오면, 보이지 않고, 말할 수 없는 것 너머에 있던 삶의 진실들이 그때서야 우리 앞에 천천히 모습을 드러내는 것이리라.

'돌에는 / 세필 가랑비 / 바람의 획 / 육필의 눈보라 / 세월 친 청이끼 // (…) 부드러운 것들이 이미 써놓은 / 탄탄한 문장 가득하니'*** 그 무궁무진한 이야기를 읽어 내는 것은 그러나 각자의 몫일 따름이다.

* 이선자의 시 '돌에 물을 준다' 중에서.
** 유치환의 시 '바위'와 '석굴암 대불' 중에서.
*** 함민복의 시 '돌에' 중에서.

돌의 노래, 시간의 노래

5천여 평의 수려한 자연 환경 속에 13개의 야외 전시장과 1개의 실내 전시장이 자리 잡고 있다. 장승관, 벅수관, 석인관, 생활유물관, 불교관 등을 비롯해, 양지바른 한쪽에는 일본에 유출되었다 되찾아온 석인石人들이 따로 도열해 있고, 각 지방관에는 제주도, 경기도 등 지역별로 다양한 형태와 표정의 문무인석文武人石, 동자석童子石 등이 모여 있다. 그밖에 돌하르방, 효자석, 석탑, 석등, 연자방아, 맷돌, 다듬잇돌까지 다양한 옛돌의 온기를 느낄 수 있다. 군데군데 정자 등 휴식 공간이 마련되어 있어 가족들의 소풍 장소로도 추천할 만하다.

세중옛돌박물관

이용 시간 09:00~18:00(3~10월), 09:00~17:00(11~2월)
휴관일 **연중무휴**
관람료 어른 5,000원, 청소년 3,000원, 65세 이상 노인·어린이 2,000원
30명 이상 단체 관람 시 1,000~2,000원 할인

가는 길
버　스 서울 남부터미널에서 양지행 시외버스 승차, 하차 후 택시 환승
자 가 용 영동고속도로 양지IC → 양지IC사거리 우회전 → 양지사거리 우회전

경기도 용인시 처인구 양지면 303-11번지
031-321-7001　www.sjmuseum.co.kr

추억을 부탁해

한국카메라박물관

어느 집이나 비슷하겠지만, 지금 내가 글을 쓰고 있는 방에는 몇 장의 사진들이 나를 호위하고 있다. 컴퓨터 자판에서 고개를 들면 객지에서 공부하고 있는 큰 딸아이의 환한 미소가 반기고, 책장 위에는 그 아이가 어릴 때, 또 좀 커서 두 살 터울 동생과 함께 찍은 화기애애한 모습이 두어 개의 액자에 담겨 있다. 5년 전 그리스 여행 중 포세이돈 신전 앞에서 포즈를 취한 사진 속에는 남편과 두 아이들이 폐허를 배경으로 파안대소하고 있다. 작은아이 돌 무렵 찍은, 내게도 그런 시절이 있었나 싶은 발랄한 가족사진도 한쪽 벽에 걸려 있다. 사진 속의 가족은 언제 보아도 싱싱하고 행복하다.

물론 현실은 사진처럼 장밋빛 인생이 아니다. 대학 졸업반인 큰아이는 지난번 집에 다니러 왔을 때 학업 스트레스에다가 청춘을 앓느라 여드름이 말이 아니었다. 사진 속에서 둘도 없이 다정하게 웃고 있는 자매는 지금까지도 만나기만 하면 사사건건 티격태격하는 '웬수'들이고, 취향이 제각각인 우리의 가족 여행은 행선지를 불문하고 단란하게 출발하지만 언제나 여행 내내 으르렁대다가 씩씩거리며 돌아오기 일쑤였다. 또 풋풋한 젊음이야 욕망하기조차 민망한 나이가 아닌가. 그러나 사진은 머무르고 싶은 최고의 순간에 동작 그만 상태로 멈춰 있다. 그 '결정적 순간'은 차가운 일상을 그리움으로, 연민으로 데워 주는 따뜻한 장면들이다.

사진. 세월도 저리 가라는, 어떤 악천후에도 끄떡없는 이 난

공불락 요새의 정체는 바로 추억이다. 기억과 망각 사이에서 퍼즐 조각 맞추듯 지난 세월을 아름답게 추억하기에는 사진만 한 것도 없을 것이다. 사진은 더 이상 실재하지 않는 과거를 상상적으로 소유하게 해줄 뿐 아니라 마음먹기 따라서 세상을 이리저리 재단하기도 한다. 지리멸렬한 삶의 편린들은 포커스 아웃시키는 대신, 행복한 순간은 더욱 극적으로 줌인 할 수도 있다. 오늘날 이 사진의 마력 혹은 횡포로부터 자유로운 사람은 단연코 없다.

내가 지금 추억이라 부르는 소중한 순간을 두고두고 되새기게 해준 일등 공신 카메라는 니콘 FM2였다. 그러나 불행하게도 그 카메라는 지금 내 손에 들려 있지 않다. 삶의 굽이굽이에서 우리 가족의 시시콜콜한 일상을 추억으로 남겨 준 혁혁한 공로에도 불구하고, 채 수명도 다하기 전에 장롱 신세를 면치 못하게 된 것이다. 디지털 카메라를 장만한 이후에는 거의 쓸 일이 없어졌기 때문이다. 어디 나의 니콘 FM2 뿐이겠는가. 사진 찍는 일이 더 이상 특별한 일이 아니라 누구에게나 일상이 되어 버린 요즈음, 더구나 몇 번의 클릭을 통해 만들어진 추억이 범람하는 세상이고 보니, 제각각의 생에서 '결정적 순간'을 정직하게 기록했던 카메라들의 퇴장이 더욱 안타깝다.

다행이라 해야 할지, 그 역전의 영웅들이 모여 있는 곳이 있다. 경기도 과천의 한국카메라박물관. 렌즈 경통의 단면을 모티프로 지었다는 박물관 건물도 인상적이다. 안으로 들어서면 번쩍이는 무공 훈장을 달고 다시 모인 어제의 용사들처럼 수많은 카메라들이 정연하게 도열해 있다. 저마다의 무용담은 가슴에 품은 채.

카메라 옵스큐라와 카메라 루시다 등 원조 카메라를 비롯해, 1839년 최초의 카메라에서부터 현대에 이르기까지 카메라, 렌즈, 유리건판 필름, 기타 액세서리 등이 시대별로 유리 진열장 속에 빼곡하다. 장인적 공예성이 돋보이는 초창기의 목재 카메라부터 첩보 영화에서나 봄직한 스파이 카메라, 항공 군사용 카메라로부터 만화경에 이르기까지 낯설고 경이로운 카메라 세상이다.

제국의 힘을 반영하듯 카메라의 선두주자 역시 영국과 프랑스다. 1850년경 프랑스에서 만들어졌다는 다게레오 타입(은판 사진법)의 '월넛 슬라이딩박스', 20세기 초 영국제 티크 원목의 대형 일안 리플렉스 카메라 '소호 트로피칼 리플렉스', 독일제 '트로펜 해악 X' 등은 목공예품과 같이 단아하고 견고한 외모를 자랑한다. 한 장의 사진을 위해 엄청난 돈과 시간을 투자해야 했던 이 시절의 낭만적인 카메라들은 광학 기계라기보다는 차라리 예술품에 가깝다.

이 밖에도 '챌린지 램블러'라는 이름도 씩씩한 일종의 초기 콤팩트 카메라와 지금 내놓아도 기능이나 디자인에서 전혀 손색 없어 보이는 1938년 영국제 '컴퍼스', 총대를 멘 '콘탁스 II 라이플' 등등 이상하고 아름다운 카메라의 미로 속에서 얼마나 헤매었을까?

핫셀블라드와 코닥, 라이카 등의 조금 친숙한 이름을 발견하고서야 현실로 돌아온 듯했다. 펜탁스! 쟁쟁한 영웅들 뒤편에 그저 무심하게 서 있는 한 평범한 카메라 앞에서 감회가 새로워졌다. 고등학교 때, 카메라의 세계에 입문하도록 물심양면으로 도와준 둘째 오빠 덕분에 나는 펜탁스로 사진 찍기를 배웠다. 당시 카메라를 갖고 있다는 단 한 가지 이유로 소풍이나 행사 때면 더러 사진사 노릇을 하기도 했다. 그러나 제대로 사진을 찍었던 기억보다는 필름을 잘못 감았거나 노출을 맞추지 못해 귀한 순간을 망치고 몸 둘 바 몰라 했던 굴욕만이 선명하다.

졸업식이나 고궁 등 유원지에서 단골로 만나곤 했던 폴라로이드 카메라도 묘한 향수를 불러일으킨다. 내 사진첩 어딘가에도 빛바랜 폴라로이드 사진 몇 장쯤 뿐얀 그리움 속에 파묻혀 있을 것이다. 사진이란 되돌아갈 수 없는 풍경, 그 그리움에 관한 것이 아닐까. 머무를 수 없는 공간, 붙잡을 수 없는 시간. 그 사라지는 모든 것에 대한 연민의 기록을 위해 열려 있는 카메라의 눈은 어제도 오늘도 바쁘다.

카메라의 원조, '어두운 방'의 뜻을 지녔다는 '카메라 옵스큐라'와 그 바늘구멍의 의미를 새삼 돌이켜 본다. 아, 우리는 너무 밝아서 오히려 길을 잃는 것은 아닌지. 캄캄한 어둠 속에서, 한 줄기 빛으로 온 세상을 담고자 했던 바늘구멍의 열정과 용기가 불현듯 그립다. 아직 오지 않은 그 어떤 결정적 순간을 기다리며 오늘도 답답한 어둠을 견디고 있는 우리는 저마다 카메라다.

내 생의 첫 카메라를 찾아서

멋진 클래식 카메라들을 원 없이 만나 볼 수 있는
박물관이다. 제1전시실에서는 다양한 종류의 카메라
를 만날 수 있고, 제2전시실에서는 카메라가 처음
발표된 1839년부터 2000년까지 10년 단위로 카
메라의 변천사를 한눈에 살펴볼 수 있다. 영화에서
볼 수 있었던 담뱃갑이나 손목시계, 단추 모양의 스
파이 카메라는 이 박물관에서만 만나 볼 수 있는 색
다른 볼거리다. 현재 일반에게 공개된 전시물은 소
장품의 10% 수준으로 미공개된 소장품들은 매년
2~3회 특별전을 개최하여 순환 전시하고 있다.

한국카메라박물관

이용 시간 10:00~18:00(3~10월), 10:00~17:00(11~2월)
휴관일 매주 월요일, 명절, 임시휴관일
관람료 성인 4,000원, 경로·청소년 3,000원, 어린이 2,000원
　　　 20명 이상 단체 관람 시 1,000원 할인

가는 길
지 하 철 4호선 서울대공원역 4번 출구로 나와서 왼쪽으로
　　　 20m

경기도 과천시 막계동 330번지
02-502-4123　www.kcpm.or.kr

어머니가 차려 주신 상

안동소주전통음식박물관

며칠 전, 작은 딸아이는 꼭 스무 살이
되었다. 생일이라고 상을 차리고 친지들을 초대하려니 꾀가 나기
도 했지만, 이번만큼은 내 손으로 '성년례' 비슷한 걸 해주고 싶
었다. 문제는 '공사다망하신 따님'께서 생일을 전후해서 시간을
낼 수 없다는 것이었다.

생일 전날, 아니 그날 친구들과의 파티를 한 차례 마친 아이
는 반쯤 남은 케이크를 들고서 0시를 한참 넘겨서야 귀가했다.
애면글면 키워서 마침내 어른의 문턱에 이른 아이 앞에 예를 갖
추고 마주 앉아, 인생의 금과옥조를 읊어 주리라 기대했던 시어
머니와 남편, 나는 모두 자다가 봉창을 두드리게 되었다. 오밤중
에 일어나, 아껴 두었던 샴페인을 터뜨리고, 이미 취기가 돌아 해
롱해롱하는 아이의 재롱(?)을 지켜보아야 했으니…….

드디어 식구들이 둘러앉아 주인공을 기다리던 아침의 식탁.
실랑이 끝에 겨우 일어나 반쯤 감긴 눈으로 미역국을 떠먹던 아이
는 또 다른 약속이 있다며 부랴부랴 집을 나섰다. 시어머니는 혀
를 끌끌 차며 한마디 하셨다. "무슨 환갑잔치하는 것도 아니고."

결과적으로 노동을 덜어 준 효심이 기특하다고 해야 할지, 섭
섭하다고 해야 할지. 아이의 빈자리에 그맘때의 내 모습이 자연
스럽게 오버랩 되었다. 풍속이 달라졌다거나, 아이가 나를 닮지
않아 사교적이라고 하는 것은 문제의 핵심이 아니었다.

언제나 겨울 방학 중에 생일을 맞았던 나는, 시골집에 내려가
는 것만으로도 늘 대단한 선심을 쓰는 일처럼 굴었다. 성년이 되

던 해도 마찬가지였다. 할머니가 살아 계셨더라면 "션찮은 가시 나한테 쓸데없이 웬 공을 그리 들이느냐?"고 타박하셨을 테지만, 어머니는 손수 빚은 술과 각색 안주의 구절판, 과일과 전유어 등 으로 '집안의 대를 이을' 오빠들과 똑같은 '관례상冠禮床'을 차려 주셨다. 할머니 말씀대로 "시절을 잘 만나"기도 했거니와 내 어머니의 딸 사랑이 남달랐던 덕이다. 상을 차리는 사람과 상을 받는 사람 사이에는 역전 불가능한 권력관계가 존재한다. 약자가 되고 나서야 비로소 그 관계의 실체를 분명히 보게 되었다.

돌아보면 기쁠 때나 슬플 때나 어머니는 음식을 만들고 상을 차리셨다. 태어나서 죽을 때까지 시절마다 통과의례마다 들쭉날쭉한 삶을 지탱해 주는 갖가지 음식들. 그것은 달고 쓰고 맵고 짜고 신, 수천수만 가지 맛으로 무한 분열을 하는 인생 이야기다.

안동에 가면, 안동소주도 있고, 안동국시도 있고, 안동식혜도 있고…… 유서 깊은 전통 음식들이 즐비하다. 한국 최고의 '식경食經'으로 평가되는, 정부인 안동 장 씨(1598~1680)가 쓴 최초의 한글조리서 〈음식디미방〉도 안동의 자랑이다. 웅숭깊은 음식과 그 속의 곰삭은 이야기를 듣고 싶다면 안동소주전통음식박물관으로 가면 된다. 경상북도 무형문화재 12호이자 안동소주의 기능보유자 조옥화 여사가 상을 차렸다.

음식은 먼저 눈으로 먹는다던가. 오색(靑, 黃, 赤, 白, 黑)의 전통 음식상은 색채의 향연이다. 특히 회갑 상, 제사상 등의 고임상은 '건축무한육면각체'의 비밀처럼 오묘하다. '도리'와 '범절' '가

가례家家禮'*의 성채가 너무 굳건해서일까? 어쩐지 그 속엔 자손들의 숨결이 깃들 여지가 없어 보인다. 임금님의 수라상도 영국 여왕 생일상의 진수성찬도 그림의 떡이다. 그러나 사계절 주안상은 내게 첫 술잔을 건네주시던 아버지와의 추억으로, 폐백과 이바지 음식은 한때 빛났던 청춘의 기억으로 알싸한 맛이다.

삶이 언제나 잔치일 순 없는 법. 헛헛한 마음이 들 때면 불현듯 그리워지는, 누구에게나 생의 뒷산 같은 음식이 있을 것이다. 그 속에 깃들인 시간과 정성이 있고, 만든 사람과 먹는 사람이 숨결을 교감할 때 비로소 완성되는 그 음식은 마음으로 먹는다. 누대의 숨 막히는 여름으로부터 안동 사람들을 건졌다는 '건진국수', 제삿밥이 일상의 메뉴로 발전한 '헛제삿밥'이 특히 정겹다.

'안동 말을 하는 시어머니가 여름날 안마루에서 밀가루 반죽을 치대며 고시랑거리는 소리가 있고 반죽을 누르는 홍두깨와 뼛센 손목이 있고 옆에서 콩가루를 싸락눈처럼 슬슬 뿌리는 시누이의 손가락이 있고 (중략) 며느리가 우물가에서 펌프질하는 소리가 있고 뜨거운 국물을 식히는 동안 삽짝을 힐끔거리는 살뜰한 기다림이 있는'** 건진국수. 그 속의 건강한 생명력은 따뜻하고 힘차다.

고백컨대 나는 염불보다 잿밥이 좋고 헛제삿밥보다는 제삿밥이 좋다. 제사상에 올랐던 갖은 나물을 넣고 한데 비벼 먹는 제삿밥에는 알아듣지 못해도 좋을 아옹다옹하는 식구들의 아우성이 있고, 먼 데서 오신 손님들의 정성이 있고, 남의 집 며느리가 되어서야 깨닫게 된 어머니의 마음이 있기 때문이다. 길고 지루한 노동이 끝날 무렵, 원망도 탄식도 섞어 넣고 고소한 참기름에 소망도 버무린 그 제삿밥은 한낱 비빔밥이 아니다. 땀과 염원을 공유한 사람들 간의 유대가 없다면 그것은 정말로 헛것일 뿐이다.

눈보다 맛, 맛보다 마음으로 해야 할 상차림의 완결판은 단연 술이다. 순곡 증류주인 안동소주는 높은 도수(45도)에도 불구하고 깨끗한 뒤끝과 은은한 향취로 정평이 있다. 안정적인 양반 사회에서 독한 술이 유행한 것은 혹 예의라는 명분하에 분출하지 못하고 억제해야 했던 격정적인 에너지가 응축된 결과는 아니었을까? 단 한 모금으로 목을 축였을 때 온몸으로 퍼지는 몽롱한 해방감이 가져다준 엉뚱한 생각일지는 모르지만.

오늘 저녁에도 아이는 내 상차림을 배반할 모양이다. 예나 지금이나 어머니는 '밥'이다. 그러나 '굼벵이 주부'***는 말한다. 어머니는 이용당하고 싶다고. 내 아이가, 내가 사랑하는 누군가가 배가 고프고 마음이 아플 때 기댈 수 있는 사람이 내가 아닌 다른 사람이라면 더 참을 수 없을 것이라고. 내가 오늘도 꿋꿋하게 상을 차릴 수 있는 것은 '견찮은 가시나' 한테 들였던 내 어머니의 정성, 그 숨결 덕분이 아닐까.

약한 자여, 부디 그대 이름이 사랑이기를! 여자도 어머니도 아닌.

* 지방이나 가문마다 다르다는 제사의 예법.
** 안도현의 시 '건진국수' 중에서.
*** 크리스티네 뇌스틀링거가 신랄하면서도 유쾌한 필치로 '아줌마'의 일상을 사실감 있게 그려낸 에세이집 제목.

건진국수와 헛제삿밥

안동의 향토 음식과 민속주를 한꺼번에 만나 볼 수
있는 박물관. 경북 무형문화재 제12호와 전통식품
명인 20호로 지정돼 있는 안동소주의 유래와 제조
과정을 배울 수 있는 체험장을 갖춘 안동소주관과
각종 전통음식, 전, 과자, 떡 등 갖가지 모양과 색으
로 만든 음식들, 수라상, 각종 통과의례 음식들을
재현하여 전시한 전통음식관으로 나뉘어 있다.
1999년 영국 여왕 엘리자베스 2세가 안동을 방문
했을 때 차렸던 생일상이 재현되어 있는 것도 볼거
리다. 애주가들을 위해 안동소주 시음장과 판매장도
운영되고 있다.

안동소주전통음식박물관

이용 시간 09:00~17:00
휴관일 **연중무휴**
관람료 **무료**

가는 길
버　　스 안동초등학교 정문 서편에서 34, 36번
자 가 용 안동역 또는 안동시청 → 영호대교 건너 우회전
　　　　　700m

경북 안동시 수상동 280번지
054-858-4541　www.andongsoju.net

비슷한 테마의 다른 박물관
떡부엌살림박물관 | 서울시 종로구 와룡동 164-2번지
　　　　02-741-5447　www.tkmuseum.or.kr

부치지 않은 편지

우정박물관

'…네 말대로 건강은 희망 사항 이전의 당위이다. 항상 그 따뜻한 정서와 신선함을 잃지 않고 살 수 있도록 부디 몸조심해라.' 수려한 필치의 그 글귀를 읽다가 갑자기 울컥했다. 얼마 전 이사를 한 가까운 친구가 책 정리를 하다 우연찮게 발견했다면서, 아마도 내게서 빌려 간 어느 책 사이에 끼어 있었던 모양이라고 나달나달하고 누렇게 바랜 봉투째 건네준 크리스마스카드에 적힌 글귀다. 그 카드는 실은 지금은 이 세상에 없는 다른 친구가 내게 보낸 것이었다. 그 친구의 마지막 친필을 엉뚱한 경로로 다시 만나고 보니 만감이 교차했다.

나와 같은 대학 같은 과에서 공부했던 친구는 졸업 후 교직 발령을 앞두고 안타깝게도 위암으로 투병 중이었다. 자주 만나지 못해 편지로 소식을 주고받던 터에 크리스마스를 맞았는데, 그것이 마지막이었다. 정신없이 연말연시를 보낸 후 답장을 막 하려는 차에 부음을 들었다. 허망한 일이었다. 미처 쓰지도 부치지도 못한 편지가 그 후 오랫동안 내 머릿속을 맴돌았다.

돌아보니 사반세기도 넘은 일이다. 그러나 강의실에서 앞뒤로 앉아 수다를 떨던 일이며 답사 여행의 새벽 강가에서 함께 맞이했던 일출, 술잔을 기울이며 고달픈 연애와 불확실한 미래에 대해 결론도 없는 이야기를 밤새워 했던 낱낱의 일들이 어제처럼 떠올랐다. 잘 살고 있니? 그 친구의 편지는 그렇게 묻고 있었다.

서랍 깊숙한 곳 혹은 책갈피 속에서 이처럼 오래된 편지를 발견할 때가 종종 있다. 대개는 누군가로부터 받은 것이지만 더러는 내가 쓰다가 만 것, 어떤 이유에서인지 써놓고 부치지 않은 것도 있다. 흘러간 세월도 아랑곳없이 그 편지 앞에서 나는 언제나 무방비 상태가 된다. 그 필치와 고백, 머뭇거림, 아니 그 침묵의 의미에 몰입하다 보면 나머지 일과는 뒷전이 되기 일쑤다. 가장 내밀한 형태의 진실, 바로 편지의 힘이 아닌가 한다.

연애하면서 꽤 많은 편지를 주고받았던 남편과의 관계에서도 그렇다. 원수처럼 으르렁거리는 일이 잦아질 때 간혹 꺼내 보는 그 편지들은 지리멸렬한 결혼 생활을 버티게 해주는 강력한 무기의 하나이다. 그래도 물꼬가 트이지 않을 때, 횡설수설 편지를 쓰기 시작하면 대개는 화해의 실마리가 보인다. 말보다는 글의 힘을, 아니 그 행간의 어떤 진실을 나는 믿는다.

풍요 속의 빈곤이랄까. 아이러니하게도 우리는 더 이상 편지를 쓰지 않는다. 거의 실시간으로 소통이 가능한 인터넷 메신저나 전화, 이메일에 자리를 내준 지 오래인 '편지'는 이제 사라져가는 풍물들의 목록에나 등장할 뿐이다. 편지의 특별한 힘을 믿는 나부터도 편지를 써본 것이 언제였나 싶으니 말이다.

'말없이 건네주고 달아난 차가운 손'을 마음속으로 흥얼거리며 우정박물관에 들어서자니, 잃어버린 그 무엇에 대한 그리움으로 가슴이 벅찼다. 우정郵政을 우정友情이라 우기고 싶기까지 했으니. 그러나 시인 파블로 네루다의 편지를 배달하다가 자신이 시인이 되어 버린 〈일 포스티노〉의 나폴리 노총각이라든지, '에메랄드빛 하늘이 환히 내다뵈는 / 우체국 창문 앞에 와서 편지를 쓰는'* 풍경을 기대한다는 것은 애초에 무리였다. 깍듯한 정문을 지나 당도한 지식경제공무원교육원, 그 안의 세련된 우정박물관은 격세지감을 실감하게 했다.

우역, 파발, 봉수 등 옛 통신 수단부터 1884년 홍영식 선생에 의해 근대 우정이 시작된 이래 오늘날까지의 우편의 역사, 금융을 포함해 우체국 업무 전반에 관한 볼거리 등이 두 전시실에 나뉘어 있다. 그 괄목할 발전상이야 어떻든 간에, 내 눈길을 끈 것은 '우체부 아저씨'와 커다란 가죽 가방, 시간의 더께가 앉아 있는 우체통들이었다.

연애편지를 쓰던 스무 살 안팎의 시절이 생각나서였을까? 메신저로서 소명을 다한 그들의 모습이 안쓰럽기도 하고 반갑기도 했다. 하얀 종이 앞에서 끙끙거렸던 시간들. 썼다 지웠다 하며 지새운 밤들. 구겨 버린 편지와 함께 추락하던 마음. 못내 미진한 편지를 봉투에 넣고 우표를 붙이던 때의 망설임. 마침내 우체통에 털썩하고 떨어질 때 덩달아 쿵하던 내 심장 소리. 답장을 가져다줄 우체부 아저씨를 기다리던 그 시간은 또 얼마나 더디었던가. 돌아보면 그 느림 속에 많은 것들이 익어 갔던 듯싶다.

그러나 우리는 더 이상 연애편지를 쓰지 않는 어른이 되었고, 우체부 아저씨와 우체통은 박물관의 유물이 되었다. 신속 정확 친절을 모토로 하는 우체국 풍경은 그 심벌인 제비처럼 날렵해졌고, 정보 통신은 가히 혁명적으로 변했다. 오문五文짜리 우리나라 최초의 우표로부터 정부 수립, 올림픽과 월드컵, 남북정상회담 기념우표, 고구려와 독도를 소재로 한 것에 이르기까지, 우표의 역사에도 지난 백여 년의 성과가 고스란히 담겨 있다.

밖으로 나오니 우편 열차 한 량과 거대한 우체통이 눈에 들어온다. 특히 흉물스럽게 큰 우체통은 여전히 크기와 속도 콤플렉스에 시달리는 우리 근대의 위악으로 보였다. 꿈보다 해몽이랄까. 올덴버그Claes Oldenburg **가 뻥튀기한 오브제처럼, 유머와 상징으로 읽으면 될 듯도 싶다.

마음은 굴뚝같으나 미처 쓰지 못한, 썼으나 끝내 부치지 못한 편지들, 영화 〈중앙역〉에서처럼 우체통이 아닌 쓰레기통으로 던져진 편지들 혹은 수취인 불명의 무수한 편지들을 위한 특별 편지함이라 해두자. 신속, 정확, 친절 밖에 있는, 언젠가는 누군가에게 전해져야 할 소중한 사연들을 담기 위해선 이보다 더 큰 우체통이 필요할지도 모르는 일이다.

현기증 나는 속도에 밀려난 사랑들, 오래 묵는 동안 단단해졌지만 쉽게 말할 수 없는 진실들도 때로 침묵 속에 갇혀 있기 때문이다. 그래서 침묵은 내뱉어진 말보다 강하다던가? 악(evil)은 동판에 새기고, 덕(virtues)은 물 위에 쓴다는 셰익스피어의 경구를 떠올려 본다. 더 이상 편지를 쓰지 않는 사람들을 위한 최후의 변명으로.

* 유치환의 시 '행복' 중에서.
** 현대의 일상적 사물을 거대하게 확대하여 표현하는 것으로 유명한 조각가(1929~).

우체통이 있는 풍경

1884년 우정총국의 설치로 우리나라 근대 우정이 시작된 이래 현재에 이르기까지의 발자취를 담은 박물관. 제1전시실은 우리나라 우정의 역사가, 제2전시실은 우체국 업무 전반에 대한 볼거리들이 담겨 있다. 본관 밖 야외에 조성된 우편테마공원에는 밀레니엄우체통이라는 이름의 초대형 우체통이 설치되어 있는데, 최대 규모의 우체통으로 2002년 세계 기네스북에 등재되었다고 한다. 우정박물관은 지식경제공무원교육원 내에 위치해 있어 교육원 정문에서 방문증을 받아 들어가면 된다.

우정박물관

이용 시간 09:00~18:00(3~10월), 09:00~17:00(11~2월)
휴관일 **국경일**
관람료 **무료**

가는 길
버　스 천안시외버스터미널에서 15번 승차 → 양담말길 하차(25~30분 소요)
자 가 용 천안IC 나와 바로 좌회전 → 첫 번째 사거리에서 좌회전 → 육교 지나 언덕 내리막에서 좌회전 → 굴다리 밑 직진 → 편도 1차선 도로 1km → 우측 지식경제공무원교육원 표지판

충남 천안시 유량동 산 60-1번지(양지말길 18)
041-560-5900　www.postmuseum.go.kr

아직 더 비워야 할 게 남았을까

누구나 가슴속에 붉은 비단보 하나쯤
감추고 살아야 하는 것이
인생이라던가.

길을 잃어 본 사람만이 길을 찾는다

혜정박물관

현명한 남자들은 안다. 여자 말을 잘 들어야 인생이 편하다는 것을. 그 여자의 1순위는 단연 아내지만 요즈음 새로 각광받는 여자가 있다. '말을 듣지 않는 남자'도 고분고분 귀 기울이게 하는 여자, 바로 내비게이션 목소리의 주인공이란다. 인생이 편해진 건 남자들만이 아니다. '지도를 읽지 못하는 여자'도 용감하게 운전대를 잡고 길을 나선다. 목적지를 '찍고' 그저 시키는 대로 직진하거나 좌우 회전하면 그만이기 때문이다. 덕분에 부부 싸움 할 일도 대폭 줄었다. 환경이 바뀌어도 가끔씩 업데이트라는 걸 해주기만 하면 된다.

어떤 목적지에 도착하기 위한 가장 빠르고 효율적인 길 찾기에는 내비게이션보다 완벽한 지도는 없다. 그러나 안타깝게도, 첨단의 위성항법 장치가 한 치의 오차 없이 설정해 놓은 경선과 위선의 정확한 좌표 위에서 사람들의 삶은 읽히지 않는다. '현실과 상상의 세계를 펼쳐 보이고, 선과 점, 공간 안에 희망과 공포, 분쟁과 평화를 동시에 담아내며, 사람들 마음속의 유랑과 동경을 자극하는 과학이자 예술'(제레미 블랙)이라는 지도. 그 안에 깃들어 있는 특정한 시간과 공간 속 사람들의 꿈과 소망에 관심이 있다면 고지도의 세계로 거슬러 올라가야 한다.

혜정박물관. 우리나라 최초의 고지도 전문 박물관의 의미는 그래서 크다. 현존하는 인류 최초의 지도는 기원전 6세기경 진흙판에 그려진 고대 바빌로니아의 지도인데, 바다에 둘러싸인 둥근 세계가 인상적이다. 중화사상에 입각한 중국식 세계 지도 〈천하도天下圖〉역시 하늘은 둥글고 땅은 네모(天圓地方)라는 믿음에 바탕하고 있다.

신화와 우화가 소재가 된 것, 별자리 지도, 캐리커처 지도 등 고지도의 세계는 동서양을 막론하고 현실의 재현이나 실용적 가치보다는 이상향을 표현한 상징적 그림의 성격이 강한 듯싶다. 다행이랄까. 꿈은 종종 현실이 되었다. 콜럼버스, 카시니, 제임스 쿡, 훔볼트 등 선각자들의 발자취가 증명하듯이 지도는 그 상상의 세계, 미지의 세계에 대한 동경과 열정으로 길 없는 길을 갔던 사람들의 업적이다.

조선 시대에 국가적 사업으로 제작된 〈혼일강리역대국도지도混一疆理歷代國都地圖〉(1402년, 일본 류코쿠 대학 소장)는 동서양을 통틀어 당시에 제작된 가장 우수한 세계 지도의 하나로 꼽히지만, 세계의 우리나라에 대한 인식은 여전히 먼 동방의 은둔국이었다. Cory, Caoli, Corée 혹은 Corea 등으로 표기된 세계 지도 속의 한국은 둥그런 섬인가 하면 길쭉한 반도 모양이기도 하다.

우리나라의 첫 전국 지도는 의외로 프랑스의 지리학자 당빌D'Anville(1697~1782)이 그린 〈조선왕국전도(Royaume de Corée)〉(1737년)인데, 한쪽에 갓 쓴 사람이 인삼 뿌리를 들고 있는 모습이 그려진 것이 흥미롭다. 독도(우산국)가 우리 땅으로 명기되어 최근에 관심이 집중되기도 했지만, 서양에서 한국 지도의 전형이 되었다는 점에서 역사적 의의가 크다. 전통적인 자연관에 입각하여 우리나라의 산줄기 물줄기를 힘차게 표현한 김정호의

〈대동여지도大東輿地圖〉(1861년, 국립중앙박물관 소장)와 좋은 비교가 되기도 한다. 내가 보는 나와, 남이 보는 나는 같지 않다.

초기의 고지도가 세계관의 표현이자 미지의 세계에 대한 모험과 열정의 산물이라면, 불행하게도 근대의 지도는 제국주의의 팽창과 영토 전쟁의 흔적에서 자유롭지 못하다. 정복의 광풍이 세계를 휩쓸고 있는 사이에도 필부필부는 사랑과 꿈에 울고, 숱한 갈림길과 막다른 길에서 그들을 인도해 줄 한 장의 지도를 갈구했을 테지만, 모험가도 영웅도 아니었던 뭇사람들의 삶은 그 지도 위에 드러나 있지 않다.

동병상련이라 해야 할까? 옛 삶터의 모습에서 그들의 애환을 발견하는 일은 결국 모험가로도 영웅으로도 살아 본 적이 없는 나의 몫으로 남는다.

"Where am I?" 나는 지금 어디에 있나? 여기가 어디냐고 묻는 영어식 표현은 함축적이다. 물리적인 지도가 거의 완벽해진 세상에 왜 우리들은 아직도 길을 잃는 것일까? 사는 일이란 여기서부터 저기까지 누가 쉽게 빨리 가느냐의 달리기 경주가 아니기 때문이다. 길을 잃어 본 사람만이 길을 찾을 수 있다던가. 길을 찾기 위해서는 때때로 길을 잃어야 한다.

가던 길 멈춰 서서 나는 왜 여기에 있는지, 지금 이 길이 내 길인지 다시 물어보고 가지 않은 길을 돌아보며 후회도 할 때, 비로소 그 길에 무슨 꽃이 피었는지, 앞에는 어떤 바람이 부는지 느낄 수 있기 때문이다. 남편이 친절하고 나긋나긋한 내비게이션의 여자보다 아내 말을 더 잘 들어야 하는 이유이고, '말을 듣지 않는 남자'와 '지도를 읽지 못하는 여자'의 부부 싸움이 여전히 필요한 이유이다. 역사도 시인도 말한다. '잘못 든 길이 지도를 만든다'*고.

* 시인 강연호의 시와 동명의 시집 제목.

지도 읽어 주는 박물관

20대 초반부터 고지도의 매력에 빠져 30여 년간 고지도를 수집해 온 김혜정 교수(초대 관장)가 서양의 고지도 150점을 박물관에 위탁함으로써 설립된 박물관. 제1전시실 '고지도의 세계'는 고지도의 개념과 그 보는 방법을, 제2전시실 '고지도와 우리나라'는 시대별 우리나라 고지도의 변천사를 소개한다. 제3전시실에서는 동해, 독도 등이 고지도에 어떻게 반영되었는지 볼 수 있다. 대학 박물관으로 경희대학교 국제캠퍼스 중앙도서관 4층에 위치해 있다.

혜정박물관

이용 시간 10:00~16:00
휴관일 매주 토요일, 공휴일
관람료 무료

가는 길
버   스 강남역에서 좌석버스 5100번, 잠실역에서 좌석버스 1007-1번, 강변역에서 좌석버스 1112번, 분당 상대원에서 116-3번 이용
자 가 용 신갈-안산 간 고속도로 → 수원(신갈)TG → 첫 번째 신호(좌회전) → 경희대삼거리(좌회전) → 직진 약 3.5km → 경희대 정문 앞(좌회전) → 사색의 광장 앞 주차
수원-용인 간 국도 → 신갈오거리 → 경희대삼거리(좌회전) → 직진 약 3.5km → 경희대 정문 앞(좌회전) → 사색의 광장 앞 주차

경기도 용인시 기흥구 서천동 1번지
031-201-2011~4 oldmaps.khu.ac.kr

비슷한 테마의 다른 박물관
지도박물관 | 경기도 수원시 영통구 원천동 111번지
031-210-2667 museum.ngii.go.kr

성숙하는 모든 것의 비밀

풀무원 김치박물관

'바람난 남편, ○○○ 김치로 잡으세요!'

영화 속에서 가문의 부활을 짊어졌던 김치의 홈쇼핑 광고 문구는 여러 가지로 '김치의 힘'을 함축하고 있다. 그럴듯하게 들리는 이 말은, 실은 별로 설득력이 없다. 왜냐하면 바람난 남편은 어디서나 맛있는 그 김치를 사 먹을 수 있을 테고, 그렇다면 굳이 집으로 돌아갈 이유가 없으니 말이다. 어쨌거나 가문은 김치 덕분에 부활한다.

더 재미있는 것은 그 김치가 스크린 밖으로 나와 실제로 홈쇼핑의 인기 상품으로 부상했다는 사실이다. 자본주의의 상술을 탓하기에 앞서 김치에 관한 저간의 사정을 짐작케 해주는 대목이다. 그 김치를 주문하게 된 많은 주부들의 심정은 어떤 것일까? 혹시나 하는 어떤 맛에 대한 기대감? 아니면 향수? 마침내 전화기를 들기까지의 우여곡절과 갈등, 그 복잡한 심사를 나는 짐작할 수 있을 것 같다.

바람난 남편도 잡을 수 있다는 김치. 과연 그것은 무엇일까? '채소류의 모둠 음식이며 젓산발효식품'인 김치는 한국인이라면 누구나, 언제 어디서나 일용하는 반찬이지만, 거국적으로는 '가꾸고 계승 발전시켜야 할 우리 민족의 위대한 유산'이기도 하다. 진부한 일상의 먹을거리이면서 동시에 역사와 전통에 빛나는 김치엔 뭔가 특별한 것이 있음에 틀림없다.

우리는 김치에 대해 얼마나 알고 있을까? '내가 나를 모르는데, 넌들 나를 알겠느냐'는 유행가처럼, 뻔한 내 분신 같은 존재의 실체를 파악하기란 그리 쉽지 않다. 관찰할 수 있는 객관적 거리와 시간이 필요하기 때문이다. 그래서 어제도 오늘도 어김없이 밥상에 오른 그 김치를 만나러 나는 낯선 박물관으로 간다.

'절인 채소[沈菜]'에서 비롯된 넓은 의미에서의 김치의 역사는 삼국 시대로 거슬러 올라간다. 그러나 임진왜란 이후에 고춧가루가 들어왔고, 배추가 본격적으로 재배되기 시작한 것은 조선 시대 후기라고 하니, 오늘날 일반적인 형태로서의 김치의 역사는 100여 년 남짓 되는 셈이다. 달랑무 김치 한 항아리면 한겨울을 너끈히 나던 시절, 군색한 밥상 위에서 고단한 삶을 위로하던 김치는 한류와 웰빙, 세계화의 신드롬 속에서 재발견되었다.

소위 몸짱들 사이에서 김치 다이어트가 유행하고, 이웃 나라에 김치 카페가 생겼는가 하면, 요리 예술학교 르꼬르동블루에서는 김치를 이용한 프랑스 요리를 개발하는 등 최신 트렌드를 이끄는 문화의 기수가 된 것이다. 천덕꾸러기 자식이 장성해서 효도라도 해주길 바라듯, 김치는 우리나라의 문화와 경제를 걸머진 글로벌 산업의 아이템으로서 기대를 한 몸에 받고 있다.

김치의 종류 또한 놀랍도록 다양해졌다. 알려진 김치는 대략 200여 가지가 된다고 하지만 그 속에 들어가는 재료의 선택과 조합에 따라 더 많은 종류의 김치가 가능할 것이다. 새로운 김치의 개발 가능성도 무궁무진하다. 이미 수백 년의 위대한 역사와 전통을 짊어지고 온 김치의 어깨는 그래서 더욱 무겁다. 그러나 진실은 언제나 제자리에 있는 법, 달라진 것은 김치가 아니라 김치를 이용하는 환경이나 방법일 뿐이다.

김치의 진실? 그것은 그 재료나 종류에 관계없이 익은 정도에 따라 제 나름의 맛과 향을 가지는 데 있다고 나는 생각한다. 갓 담근 상태로부터 묵은지가 될 때까지 시간의 흐름 속에 달라지는 맛과 향의 스펙트럼은 오묘하다. 갖가지 재료의 형태와 맛이 그대로 살아 있는 풋내 나는 겉절이의 생명이 신선함이라면, 오랜 숙성 끝에 그윽하고 웅숭깊은 맛을 내는 것은 묵은지다. 모든 김치는 그 사이에 있다.

김치가 익는다는 것은 밭에서 들에서 바다에서 나온 갖가지 재료들이 한데 어울리는 것이고, 파득파득하던 제각각의 성질을 죽이는 것이며, 오래 참아 내어 마침내 하나로 거듭나는 것이다. 그 하나는 모든 재료의 각각의 합보다 더 훌륭한 맛으로 완성된다. 김치의 진실은 성숙하는 모든 것에 관한 진실이기도 하다.

익은 김치는 그 자체로서도 완전식품이지만, 소임은 예서 끝나지 않는다. 천리마에 붙은 파리도 천리를 간다던가. 가령 나처럼 특별한 솜씨가 없는 사람들도 김치의 힘을 빌려 근사한 요리를 한다. 김치찌개는 기본이고, 찬밥이 많으면 김치 볶음밥, 날이 궂으면 김치 부침개, 어쩌다 불쑥 손님이라도 찾아오는 날이면 김치 전골이 제격이다.

첫째, 특별히 준비된 재료가 없어도 손쉽게 할 수 있다. 둘째, 요리라고 할 것까지도 없는 것이, 그 맛은 이미 김치가 결정해 놓은 것이나 다름없으므로 실패할 가능성이 거의 없기 때문이다. 더 영악하게는 맛있다고 칭찬을 들으면 그건 내 솜씨가 뛰어나서

이고, 맛이 없다면 김치 탓으로 돌릴 수도 있다. 이처럼 우리는 뻔하고 진부하고 오래되고 흔한 것, 그 든든한 힘에 기대어 '예술'도 하고 '문화'도 하는 것이 아닐까.

바야흐로 음력 시월, 어린 시절 따끈따끈한 쌀밥 위에 얹어 먹던 달랑무 김치가 생각나는 계절이다. 첫아이를 가졌을 때의 심한 입덧을 눈 녹듯이 사라지게 해주었던, 살얼음이 동동 뜬 동치미 속의 아삭아삭한 고추 맛도 그립다. 〈농가월령가〉에도, 《동국세시기》에도, 5학년 사회 책에도 김장을 해야 하는 계절이라고 써 있건만, 나는 고작 홈쇼핑의 광고에 귀를 쫑긋 세우고 인터넷을 들락날락하며 '맛있는 김치'를 클릭하고 있다. 나의 천리마가 어디선가 짠하고 나타나 주기만을 기대하면서. 그 '맛있는 김치'에는 늘 2프로 부족한 무엇이 있다는 것을 알면서도 말이다.

바람난 남편을 잡을 수 있는 비법은 그 2프로 속에 있음에 틀림없다. 오색五色·오미五味로도 규정할 수 없고, 손맛 혹은 정성이라고밖에는 달리 표현할 수 없는 그 무엇은 식구食口라는 이름으로 엮여 있을 때만 채워지는 것인지도 모르겠다. 그런데 그것은 언제나 너무 뻔하고 진부해서 때로는 굴레처럼 보인다.

고백컨대, 이 글을 쓰면서도 실은 시어머니께서 작년에 걸렀던 김장을 다시 하자고 하실까 봐 조마조마하다. '여자보다 아름답다'고 아무리 치켜세워도, 마늘 냄새 풍기며 바가지 긁는 마누라의 굴레가 못내 억울한 것을 보면, 아마 나는 아직도 한참을 더 익어야 하는가 보다.

김치의 변신은 무죄

전통 음식문화 계승에 뜻을 두고 풀무원이 설립한 박물관. 시대별 김치의 형태, 김치에 고추가 들어간 사연 등 김치의 변천사와 꿩김치, 감김치, 섞박지, 골곰짠지 등 80여 종의 다양한 김치를 만날 수 있다. 그 밖에 지역을 대표하는 김치도 지도를 통해 찾아볼 수 있고 김치를 담그는 과정도 자세히 소개되어 있다. 김치 안에 들어 있는 유산균을 관찰할 수 있으며 직접 김치를 맛볼 수 있는 시식실이 함께 준비되어 있다.

풀무원 김치박물관

이용 시간 **10:00~18:00(입장 마감 17:30)**
휴관일 매주 월요일, 1월 1일, 설날 · 추석 연휴, 12월 25일
관람료 성인 **3,000원**, 초중고생 **2,000원**, 유아(48개월 이상) **1,000원**

코엑스 멤버십 카드 소지자, 현대카드 결제 시 본인 1인 **1,000원** 할인

20명 이상 단체 관람 시 성인 **2,000원**, 초중고생 **1,500원**(사전 예약, 유아단체 할인 없음)

가는 길

버   스 삼성동 코엑스 지하철 역이나 한국전력본관, 봉은사 역 등에서 하차

지 하 철 2호선 삼성역 5, 6번 출구 → 지하 1층 코엑스몰 → 수족관과 메가박스 방향으로 직진 → 아셈약국 옆 에스컬레이터 → 지하 2층

자 가 용 코엑스 신관 Gate1(동문1)을 통해 지하 주차장 진입 → 지하 2층 주차 가동 L7 구역에 주차 → 6번 홀 입구

서울시 강남구 삼성동 159-9번지 한국종합무역센터 내
02-6002-6456 www.kimchimuseum.co.kr

번뇌의 파도를 타고 흐르는 종소리

진천 종박물관

아, 종소리……. 온갖 소음으로 가득 찬 세상에서 진짜 종소리를 들어 본 게 언제였던가 싶다. 그 가운데 2005년 큰 산불로 소실되었던 낙산사 동종이 복원되어 돌아왔다는 소식은 그야말로 청아한 종소리였다. 1년 6개월여 만에, 속세에 부르짖는 해탈자의 웅변같이, 영겁으로 번져 가듯 바다 위 굽이치는 여운으로 범종 소리가 다시금 흐르게 되었다고 한다. 중생의 번뇌를 씻어 주고 지혜를 일깨운다는 그 울림을 아침저녁으로 들을 수 있다면 고단한 삶이 조금은 더 행복해질까?

산불 소식을 들은 그날 밤, TV 뉴스는 화마에 삶을 뺏긴 사람들의 아우성으로 시끌벅적했다. 안타깝기는 했지만 그저 늘 봐온 '타인의 고통' 그 이상도 이하도 아니었다. 그런데 어지러운 낙산사 경내로 옮겨 간 화면에, 형체를 알아볼 수 없이 일그러진 채 나뒹굴던 동종의 파편이 클로즈업되었다. 순간 나는 숨이 멎는 듯했다. 특별히 문화재를 아껴서도, 그 종의 미학적 가치를 존중해서도 아니었다. 뒤늦게 미술사 공부에 뜻을 두고 떠난 첫 답사에서, 마음으로 만난 첫 유물이 바로 그 동종이었기 때문이다.

실은 염불보다는 잿밥에 관심이 있었다. 말이 유물 답사였지, 보내야 할 청춘과 '더 이상 내 것이 아닌 열망들'을 갈무리하기 위한 그 기억의 한가운데 낙산사 동종, 아니 그 종소리가 있었다. 한기가 남아 있는 미명의 안개 속에 끊어질듯 이어지고, 사라질 듯 다시 울리던 새벽 예불의 범종 소리. 그것이 그토록 길고 곡진한 여운을 지닌 줄은 그때 처음 알았다. 나는 그 일렁임을 따라나 스스로에 대해 수없이 묻고 답하고, 또 꾸짖고 다독거렸다.

피는 건 힘들어도 지는 건 잠깐이라더니, 그 꽃 — 보물 479호가 스러져 가는 순간을 나는 속절없이 지켜보았다. 어디 나뿐이겠는가. 15세기 중반에 만들어졌다니 그간 얼마나 많은 사람들이 종소리에 기대어 마음을 추슬렀을까? 어디 그 종뿐이겠는가. 신라의 달밤을 노래하던 불국사의 종소리에도, 슬픈 전설이 있는 에밀레종에도 천년의 염원이 켜켜이 서려 있을 터, 바로 그들이 보물이 돼야 하고, 또 복원돼야 하는 까닭인 것이다.

천년의 염원, 천년의 울림을 복원한다? 그것은 생각만으로도 가슴이 벅찬 일이다. 서울 보신각종을 비롯해 해인사 대적광전 동종 등, 이미 7천여 점의 종을 만들어 온 중요무형문화재 주철장鑄鐵匠 원광식 씨가 평생 해온 일이고 또 앞으로도 할 일이라고 한다. 낙산사 동종의 낭보에, 그가 복원한 종을 토대로 우리 범종 이야기를 들려주는 진천 종박물관을 찾았다.

거대한 유리 종 아래 박물관으로 들어서면 맨 먼저 만나는 것은 실물 크기의 복제품 성덕대왕신종(에밀레종)이다. 그 웅장함, 유려한 장식과 비례는 과연 우리 범종의 상징으로서 손색이 없다. 크기는 훨씬 작지만 단아한 고졸미를 지닌, 현존하는 우리나라 최고最古의 범종인 상원사종 또한 이와 함께 세계적으로 '한국 종(Korean Bell)'의 진수로 꼽힌다.

신라 범종을 완벽성을 추구한 예술미라 일컫는다면, 고려의 종들은 크기나 장식 면에서 현실적인 조형미라고 할 만하다. 조선 시대로 오면 문양이 어수선해지고 외래 양식의 혼합이 두드러진다. 불교의 쇠퇴와도 무관하지 않겠지만 염원도 번뇌도 부풀어가는 세상, 점점 더 갈피를 잡기 힘든 세월이었던 듯도 싶다.

생사고락이야 동서고금이 다를 리 없겠지만, 세계의 종들을 보며 각기 불교와 기독교 문화를 대표하는 범종과 교회 종의 생김새, 소리의 차이를 가늠해 본다. 범종이 '배흘림'(가운데 부분이 약간 불룩한 모양) 종신鐘身으로부터 종구鐘口가 다소 안으로 수렴되는 항아리 형이라면, 교회 종은 밖으로 확산되는 나팔꽃 형이다. 목제 당구撞具로 종신의 바깥〔撞座〕을 때려 소리가 안으로 공명하게 하는 범종에 반해, 교회 종은 종 안에 달린 추로 내벽을 쳐서 바깥으로 퍼져 나가게 한다. 그리고 보니 종루를 세워 땅에 가깝게 매다는 범종과 지붕 꼭대기의 종탑에 매다는 교회 종은 그 위치 또한 상징적으로 보인다.

나로서는 부처님의 지혜와 하느님의 복음이 어떻게 다른지 구별할 수 없지만, 그것을 전하는 방법에는 분명 차이가 있는 듯하다. 내면의 울림과 성찰 혹은 전파와 교화 그 어느 쪽의 소리에 마음이 기우는지는 각자의 몫일 터이다.

에밀레종의 전설이 시사하듯이 종소리는 예술이자 과학이다. 종의 크기와 구조, 재료, 조각과 문양, 그 비례, 또 종을 치는 위치, 힘과 속도 등에 따라 소리는 미묘하게 달라진다고 한다. 강약과 고저, 맑음과 탁함 이외에 때로는 장엄하고 온후하게 타이르고, 때로는 애절하고 구슬프게 심금을 울리는 종소리의 생명은 타음打音이 아니라 그 후의 여음餘音과 떨림에 있다.

특히 '맥놀이'라 불리는 이 떨림 현상을 범종의 가장 중요한 특징으로 꼽는다. 이는 진동수가 다른 두 소리가 겹쳤을 때 서로 간섭해 주기적으로 강약을 되풀이하는 현상이라고 하니, 그 비밀은 갈등과 화해에 있는 셈이다. 그렇다면 속절없이 엎치락뒤치락하던 내 마음을 다독이던 범종 소리의 정체는 모든 갈등을 한순간에 덮어 버리는 웅장한 외침이 아니라 그저 있는 듯 없는 듯 그 번뇌의 파도를 말없이 함께 타주는 일이었던 듯싶다.

장엄하고 중후한 타음 뒤에 맴도는 여음. 들릴 듯 말 듯 마음을 울리는 소리. 그것은 무엇인가와의 치열한 싸움 뒤에, 잡힐 듯 잡히지 않는 삶의 정체를 찾아 나서는 촉수와도 같은 것은 아닐까. 실제 전투이건, 사랑이건, 열정이건 그 격렬한 지진이 지나간 자리에 찾아오는 고요한 침묵, 여진의 공포를 다스리며 사상자와 상처를 헤아려야 하는 낯설고 불편한 시간의 떨림 말이다.

타종 체험장의 축소 복제된 에밀레종 위로 오색의 염원들이 나부낀다. 천년의 염원을 복원한다는 것은 어쩌면 또 하나의 기원에 지나지 않을지도 모른다. 복원된 종소리는 돌이킬 수 없는, 더 이상 내 것이 아닌 열망들에 대한 진혼곡일 뿐이다. 그러나 타음 뒤에 남는 것, 끊어질 듯 이어지는 맥놀이의 여운은 그 열정과 추억에 바치는 격려이자 찬사인 듯도 싶다. 그렇다면 가만히 귀 기울여 들어 볼 일이다. 내 열정과 추억이 만들어 낸 그 떨림이 얼마나 간절하고 또 아름다운지.

천년의 소리, 은은한 울림

우리나라 범종의 우수성을 체험할 수 있는 박물관. 제1전시실은 우리나라 종의 역사와 시대별 변천사를 설명하는 것은 물론, 중국과 일본을 비롯한 세계의 종을 전시하고 있다. 문양이나 종의 모양뿐 아니라 종소리의 차이도 함께 체험할 수 있다. 제2전시실에서는 범종의 제작기법과 청아한 범종 소리의 원리 등을 소개하고 있다. 각 나라의 종소리 외에도 학교 종, 두부장수 종, 구세군 종 등 생활 속의 종까지 비교해 보는 코너도 갖추어 놓았다. 앞마당에 마련된 타종 체험장에서는 상원사종과 성덕대왕신종을 2/3 크기로 축소한 복제품을 직접 타종해 볼 수 있다.

진천 종박물관

이용 시간 09:00~18:00
휴관일 매주 월요일, 1월 1일, 설날, 추석
관람료 일반 1,500원, 중고등학생 1,000원, 초등학생 500원
　　　단체 관람 시 500원 할인

가는 길
버　스 진천터미널에서 백곡저수지 방향 버스를 타거나 택시 이용
자 가 용 중부고속도로 진천IC를 나와 좌회전 → 첫 사거리 우회전 → 진천읍내 입구 → 벽암사거리 우회전 → 백곡저수지 방향으로 직진(2.5km) → 장관교 건너자마자 왼쪽으로 진입

충북 진천군 진천읍 장관리 710번지
043-539-3847~8　www.jincheonbell.net

말 달리자

마사박물관

중년의 여성들이 용감해지는 것은 남성
호르몬이 증가하기 때문이라던가. 언제부턴가 필요 이상으로 목
소리가 커지고 대책 없이 화내는 일이 잦아졌다. "당신답지 않게
왜 이래?" 하고 남편이 황당해 할 때마다 '나'다운 게 뭔가 새삼
생각해 보면, 주저하고 참는 것에 이골이 난 우유부단하고 소극적
인 모습과 다르지 않다. 신중하고 사려 깊다는 말로 포장되어 왔
지만 말이다. 나도 지지 않고 불같은 성격의 남편과 20년 넘게 산
그 세월 탓이라고 항변하곤 한다. "악화가 양화를 구축한다"고.

그런데 요즈음, 내 안에 남몰래 웅크린 그 어떤 야성과 폭력
성이 호시탐탐 공격의 기회를 엿보고 있었는지도 모른다는 생각
이 든다. 특히 운전할 때 그렇다. 거의 난폭 운전 수준의 스피드
는 물론이고, 주행선도 추월선도 아랑곳없이 세월아 네월아 서행
하는 차를 뒤따라갈 때면 딱히 바쁘지도 않으면서 전조등을 깜박
거리고 경적을 울리며, 그야말로 발광發光하면서 발광發狂하기
일쑤다. 목까지 꽉 차 있는 그 무엇을 그렇게라도 쏟아내지 않으
면 더 큰 사고를 칠지도 모르겠다는 위기감 때문일까. 내가 나잇
값을 못 해서일까.

어느 비평가는 '경마장'을 실존하는 현실 세계가 아니라 '억
압 속에서 상상되는 비상구'로 해석하기도 했지만, 내게는 말 자
체가 바로 해방과 일탈의 이미지로 다가온다. 어린 시절엔 회전
목마로도 족했다. 나들이 길의 북적이는 유원지이기도 했고, 잊
을 만하면 동네 어귀에 나타났던 리어카를 개조한 이동식 놀이터

이기도 했지만, 빙글빙글 돌면서 올라갔다 내려갔다 하는 회전목
마는 그때 최고의 오락이자 일탈이고 해방이었다.

말 타면 종 부리고 싶다던가. 일탈이 더 큰 일탈을 꿈꾸게 되
자 회전목마는 더 이상 해방구가 되지 못했다. 아니, 어른이 되고
보니 아이러니하게도 그것은 해방구가 아니라 끊임없이 벗어나
고자 안달했던 지루한 일상 그 자체였다. '그저 정해진 장소를
정해진 속도로 순회하고 있을 뿐, 아무 데도 갈 수 없고, 내릴 수
도 갈아탈 수도 없고, 누구를 따라잡을 수도 누구를 추월할 수도
없는' '인생이라는 운행 시스템'*이야말로 꼭 회전목마였다.

소심한 성격을 탓해야 할지, 어디랄 곳도 정해지지 않은 일상
탈출이 그저 꿈이었던 내게 말을 타고 광야를 전속력으로 질주하
는 광경은 생각만으로도 짜릿한 경험이었다. 난폭 운전은 아마도
대리 만족이었을 것이다. 과천 경마공원 안에 있는 말 박물관을
찾아가는 길에 나는 낯설지만 야성적인 질주 본능이 내 안에서
꿈틀거리는 것을 느끼며 묘한 기대감에 부풀기도 했다.

붕어빵에는 붕어가 없다더니, 말 박물관에는 말이 없다. 역사
와 문화 속 말과 관련된 유물 천여 점을 소장하고 있는 국내 유일
의 말 박물관은 실은 이름도 마사박물관馬事博物館이다.

기마 민족의 웅혼한 기상을 상징하는 고구려 〈수렵도〉의 기
마 인물, 마형 토기 뿔잔, 기마인물상 토기 등 우리나라 고대 미
술 속 말의 면면들이 먼저 주목된다. 특히 장니障泥(다래)와 등자
鐙子(발걸이), 정교하게 세공된 은제 말방울, 말 띠드리개 등 말갖

144

춤은 뛰어난 조형미를 과시하고 있다. 그러나 이 호사는 말이 아니라 말 주인을 위한 것이다.

조선 시대 미취업자들의 선호 선물 1호가 말 그림으로, 입신양명을 기원하는 〈준마도駿馬圖〉가 특히 인기 있었다는 사실도 흥미롭지만, 말이 '고귀한 신분'을 상징해 '페라리' '버버리' '폴로' 등 소위 명품의 로고가 된 것도 재미있는 발견이었다.

350도를 볼 수 있는 눈, 사람이 들을 수 없는 아주 작은 소리까지도 들을 수 있는 귀, 수백 미터 떨어진 곳의 육식동물의 냄새도 맡을 수 있는 코, 몸무게 8배의 충격을 견디는 다리 근육과 구조 등등…… 말의 신체는 경이 그 자체이다. 강건한 근육에 천진한 눈, 그와 어우러진 갈기는 또 얼마나 아름다운가.

그러나 미녀는 괴롭다. 탁월한 신체 조건 탓에 교통 통신의 수단으로, 전쟁의 무기로, 경주와 놀이의 도구로 끊임없이 혹사당할 운명이었기 때문이다. 바이올린 활줄로는 백마의 꼬리털이 최고인 것을 비롯해 해금 등의 현악기에 말의 꼬리털이 이용되어 온 것 또한 빼놓을 수 없다.

인간에 봉사한다는 것은 때로 신체의 일부를 학대당하거나(편자 박기, 낙인 찍기) 눈의 일부가 가려지고(경주마 눈 가리기), 사극에 동원되는 경우엔 불필요한 야성을 누그러뜨리기 위해 진정제를 맞는 등 본성을 거슬러야 한다는 것을 의미했다. 그에 비추어 정작 스스로의 배고픔이나 고통에 대해서는 침묵할 수밖에 없는 말은 정말 '쓸개 빠진 놈'(말은 실제로 쓸개가 없다고 한다)이다. 생존하기 위해서는 그 숙명적 일상에 길들여져야 할지도 모르겠지만, 채찍과 마이크로칩으로 짐작되는 문명의 착취 앞에서 나는 마음이 수선스러워졌다. 영혼의 상처를 헤아린다는 '호스 위스퍼러'가 새삼 생각나는 순간이었다.

그러고 보니 말의 침묵, 말의 상처에 대해 걱정할 계제가 아니다. 말은 좋은 조련사와 훌륭한 기수 혹은 따뜻한 마부를 만나야 하겠지만, 내 인생의 조련사와 마부는 결국 내가 아닌가. 말의 존재 이유를 바람을 가르며 달리는 데서 찾는다면, 내 인생이라는 말도 어디론가 열렬하게 달릴 수밖에 없을 터이다.

그림 속의 말들은 네 발을 모두 쳐들고 하늘로 치솟을 듯이 기세등등하게 도약하지만 어떤 준족駿足이라도 발 하나만큼은 땅에서 떨어지는 순간이 없다고 한다. 이것은 20세기의 영상 기술이 밝혀낸 중요한 사실이다. 그토록 벗어나고 싶은 일상이라고는 해도 결국 그곳에 발 딛지 않는 삶이란 허망하기 짝이 없다는 것을 알려 주기라도 하는 것인가. 내가 희구하는 해방과 일탈이란 어쩌면 현실 속의 공간이나 시간이 아니라 단지 일상을 빛나게 하는 꿈이라는 말인가.

다행스럽고도 슬프다. 철마도 목마도 열렬하게 달리고 달려 이른 곳, 그곳이 다시 여기라니. 다만 지금의 여기가 어제의 여기와는 같지 않기를 바랄 뿐.

* 무라카미 하루키의 소설 〈회전목마의 데드 히트〉 중에서.

146

마마馬님의 박물관 행차

유구한 역사를 지닌 마馬 문화를 발굴, 보전하기 위해 한국마사회가 설립한 국내 유일의 말 전문 박물관. 박물관 입구에는 대형 제작된 말의 생물학적 진화 과정과 마 문화 연표가 있다.

전시실은 크게 두 공간으로 나뉘는데, 한쪽에는 제갈, 안장, 발걸이 등의 말갖춤이 시대별로 전시되어 있고, 다른 한쪽에서는 신앙의 대상, 민속의 상징, 예술작품에 이르기까지 다양하게 등장하는 마 문화 관련 유물을 만날 수 있다. 전화로 사전 예약을 하면 구체적인 전시 설명을 들을 수 있다.(월, 화 제외)

마사박물관

이용 시간 **09:00~18:00, 09:00~21:00(야간 경마 시)**
휴관일 **연중무휴**
관람료 **무료**

가는 길
지 하 철 4호선 경마공원역 2번 출구 경마공원 내

경기도 과천시 주암동 685번지
02-509-1283 museum.kra.co.kr

사랑한다는 말 대신에

한국자수박물관

늦가을 인사동에서 만난 '엄마의 꽃

밭'에는 때 아닌 꽃들이 활짝 피어 있었다. 채송화, 맨드라미, 목단, 수선화, 이름 모를 꽃들과 새, 나비와 잠자리, 풀벌레……. 신사임당의 〈초충도〉 화첩을 연상시키는 작고 평화로운 세상이었다. 팔순이 넘은 어머니가 두어 뼘 남짓 되는 무명천에 한 땀 한 땀 수를 놓아 여섯 딸들에게 준 선물이란다. 자투리 천으로 만들어 수놓은 앙증맞은 주머니와 알록달록한 조각보도 참 예쁘다.

예순이 넘어서야 글을 배웠다는 할머니의 생애 첫 전시회 '홍옥순 할머니의 바느질 이야기'다. 삯바느질로 8남매를 키웠고, 뒤늦게 또 바느질로 예술적 자아를 실현하는 기회까지 가지게 된 '그 여자의 일생'이 뭉클했다. 바늘은 무기이자 악기였고, 바느질은 노동이자 사랑이고 예술이었다.

인간이 강철로 만든 것 가운데 가장 상징적인 대립을 이루는 것이 칼과 바늘이라던가. 칼은 남성들의 것이고, 바늘은 여성들의 것이다. 칼은 자르고 토막 내는 것이고, 바늘은 꿰매고 결합하는 것이다. 칼은 생명을 죽이기 위해 있고, 바늘은 생명을 감싸기 위해 있다. 칼은 투쟁과 정복을 위해 싸움터인 벌판으로 나가고, 바늘은 낡은 것을 깁고 새 옷을 마련하기 위해서 깊숙한 규방의 내부로 들어온다.*

또 하나의 내밀한 소우주인 규방. 오만한 명예욕도, 권력의 야망도 없는 조용한 세계라지만 그곳에도 전쟁과 평화가 있다. 여인들은 '손가락의 투구'(골무)를 쓰고 바늘이라는 무기를 들어, 상대를 무찌르는 것이 아니라 상처를 치유한다. 찢어지거나 조각나고 헤진 것들을 이어 붙이고 기운다. 더 나아가 전혀 새로운 세계를 창조하기도 한다.

여성에게 예술적 재능이 결코 축복이 되지 못했던 시절, 온갖 금기와 법도로 가득한 촘촘한 관계의 그물망 속에서 자아를 쉽게 드러낼 수 없었던 그들에게 자수의 세계는 일종의 해방구였을 것이다. 그 상상의 정원에서 그리움, 슬픔, 기다림, 분노 등을 다스리며 한 땀 한 땀 새기는 일은 시간과의 싸움이자 자신과의 싸움이 아니었을까. 그러나 어디에도 그 치열한 전투의 흔적은 찾아볼 수 없다. 때로는 무심한, 때로는 화려한, 아니 무엇보다도 언제나 엄정하게 절제된 아름다움 앞에 숙연해질 수밖에 없는 이유다.

'사전絲田', 즉 '실로 만든 밭'이라는 이름으로 더 잘 알려진 한국자수박물관. 그곳에 가면 무기이자 악기, 노동이자 사랑이고 예술인 바늘과 실의 이야기가 무궁무진하다. 일찍부터 한 올 한 올 사무치는 그리움과 염원으로 지어 내었을 자수품과 조각보 등의 의미를 귀히 여기고, 속절없이 사라져 가는 것들에 대한 안타까움과 애정으로 규방 용품을 수집하고 연구해 온 허동화, 박영숙 관장이 바친 적지 않은 세월 덕분이다.

고려 시대부터 현대에 이르기까지, 가난한 밥상을 덮었던 소박한 상보부터 구중궁궐을 치장하던 화려한 자수 병풍에 이르기까지, 어느 부부의 베갯머리송사를 지켜보았을 수베갯모부터 불경 덮개에 이르기까지, '세상에서 제일 작은 박물관'에서 만날 수 있는 실과 바늘의 세계는 시공과 귀천, 성속을 초월한다.

꽃과 문자를 정연하게 수놓아 '조선 후기 궁수宮繡의 진수'로 평가되는 '길상도 병풍', 상서로운 동식물 문양과 상징으로 가득한 궁중 보료와 방석, 각종 보補와 흉배 등은 과연 화려하고 빈틈없는 조형 감각으로 시선을 끈다. 군데군데 금사가 탈루되었지만 여전히 화려함이 돋보이는 〈금사사군자병풍〉은 그 속의 새가 금방이라도 날개를 퍼덕이며 날아오를 듯 생동감이 있다. 검은 바탕과 황금색의 대비와 과감한 생략 때문인지 다른 전통 자수병풍과는 구별되는 신선함이 있다. 그러나 권력과 영화는 사라진 채, 박물관에 남아 있는 다채로운 흔적들이 문득 덧없이 느껴졌다.

다행히 그다지 화려할 것도 특별할 것도 없는 보자기들이 헛헛한 마음을 위로해 준다. 마음의 눈으로 보면 마음이 보인다더니, 세월의 무게에도 불구하고 그 조각들을 모으고 이어 붙이고 혹은 수를 놓던 마음이 그대로 그려지는 듯하다. 명주와 모시, 갑사, 삼베 등등 어떤 직조, 어떤 빛깔, 어떤 크기의 자투리도 내치지 않고 조화롭게 엮어 낸 지혜가 새삼 경이로울 뿐이다. 굳이 몬드리안이니 폴 클레를 들먹이며 조각보가 예술의 반열에 올라가게 된 연유를 따진다면 우리 어머니들의 무심한 듯 다정한 마음에서 찾아야 할 듯싶다.

그러나 무심한 듯 다정한 어머니의 마음 뒤에는, 어쩌면 피어나지 못한 예술적 재능과 어떤 열정이 꼭꼭 숨겨져 있는 것은 아닐까? 대체로 수본에 근거해 자유로운 표현의 여지가 적었던 궁보나 수보에 비하여 활달하고 분방한 조각보를 보다가 문득 그런 생각이 들었다. 넘을 듯 말 듯 아슬아슬하게 절제된 경계의 파격이 짠하다.

'실꾸리—사패絲牌' 특별전에 전시된 각양각색의 실패들의 면면도 참으로 재미있다. 나무와 종이, 헝겊, 쇠, 밀짚 등 서로 다른 재료와 다양한 형태도 흥미롭지만 무엇보다도 장식 기법이 예사롭지 않다. 아름답게 수놓은 것, 상아로 상감 장식한 것, 화각 장식한 것, 알록달록 채색한 것, 조각보처럼 이어 붙인 것 등, 보이지 않는 부분에 들인 공이라고는 믿기 어려울 정도로 다채롭고 정교하기 때문이다. 실을 감으면 감춰지고 말 그곳에, 차마 백일하에 드러내지 못한 그 무엇의 단서를 부끄럽고 조심스럽게 남긴 것은 혹 아닌지.

누구나 가슴속 깊은 곳에 '붉은 비단보'** 하나쯤 감추고 살아야 하는 것이 인생이라던가. 어디 폭풍 같은 사랑만이 사랑이겠는가. 그리움 한 땀 눈물 한 땀으로 수놓고 꿰매고 이어 붙여 지어 낸 오색의 무늬. 그것은 저마다의 가슴속에 고이 간직한 그 무엇, 혹은 그 정인情人에게 바치는 찬연한 연서인지도 모르겠다. 끝내 하지 못한 사랑한다는 말 대신에……. 누군가 그 마음을 읽어 낼 수 있다면 굳이 예술이라는 이름으로 불리지 않아도 그것은 이미 예술이다.

* 이어령 선생이 가위부터 화로까지 우리 옛 일상문화 속 64개 물건들에 대해 쓴 탐색기 《우리문화박물지》 참조.
** 조선시대 여성 예술가를 소재로 권지예가 쓴 소설의 제목.

규방 문화의 보고寶庫

전통 복식과 자수, 보자기 등 버려지고 잊혀 가는 규
방 예술품들을 수집하여 1976년에 개관한 박물관.
직접 옷을 지어 입기 위한 필수품인 실, 바늘, 골무
에서부터 고복식까지 한눈에 살펴볼 수 있으며, 현
존하는 최고最古의 자수병풍인 〈자수사계분경도〉(보
물 제653호)를 비롯하여 병풍류, 불교 자수, 장신구
등 보석 같은 유물들이 소장돼 있다.
각 시기마다 기획 전시를 하기 때문에 전시 정보를
미리 얻고 가면 늘 새로운 전시물을 접할 수 있다.
20평 남짓의 좁은 공간이지만 각각의 유물들이 담
고 있는 세계는 비할 바 없이 크고 그윽하다.

한국자수박물관

이용 시간 10:00~16:00
휴관일 매주 토요일, 공휴일
관람료 무료

가는 길
지 하 철 7호선 학동역 10번 출구 → 농협 골목으로 좌회전
　　　　50m → 삼진탕을 끼고 오른쪽으로 돌아 들어가면
　　　　보이는 사전가 빌딩 4층

서울시 강남구 논현동 89-4번지 4층
02-515-5114~6 www.bojagii.com

비슷한 테마의 다른 박물관
한상수자수박물관 | 서울시 종로구 가회동 11-32번지
　　　　　　　　02-744-1545 www.hansangsoo.com

커피, 그 일상의 예찬

왈츠와 닥터만 커피박물관

만약에 커피가 없었다면

내 일상은 지금과 많이 달랐을 것이다. 아침에 눈을 뜨면 커피 끓이는 일 이외에 어떤 일로 하루를 시작했을까. 식후의 포만감, 오후의 나른함은 무엇으로 다스렸을 것이며, 심야의 책상 위에서 잠 못 이루는 내 영혼은 그 누가 친구해 주었을까. 언제나 적당히 쌓여 있는 일들이 버거워 주저앉고 싶을 때마다 으라차차 마련하는 나만의 작은 의식의 제단에는 또 무엇이 놓였을 것이며, "커피 한 잔 할래?"하며 소매를 걷어붙이곤 하는 남편은 어떤 다른 이유로 부엌을 즐겁게 어슬렁거릴 수 있었을까.

내가 커피 애호가가 아니었다면, 얼마 전 '된장녀' 파문에 휘말린 커피를 목청껏 옹호하지도 않았을 것이고, 남편이 비싼 에스프레소 머신을 덜컥 주문하고 그 뒷감당을 떠넘겼을 때 못 이기는 척 넘어가지도 않았을 것이다. 자주 그리고 기꺼이 바리스타가 되어 가까운 친구들과 정담을 나누는 일도 없었을 것이고, 달콤 쌉싸름한 커피 찌꺼기가 우리 집 방향제로, 탈취제로, 또 화초의 거름으로 쓰일 일도 없었을 것이다.

'중독'이라는 말을 쓰기에는 어쩐지 불경스럽다. 커피 때문에 건강을 해친 적도, 남에게 못할 실수를 저지른 적도 없기 때문이다. 오히려 지루한 일상을 유쾌하게 견딜 수 있는 힘을 주는 커피. 적어도 내겐 '인류의 위대한 발견' 혹은 '이 시대의 성수聖水'라는 수사가 결코 과장이 아니다.

그러나 영화 〈커피와 담배〉의 감독 짐 자무시의 말처럼, 오늘

뭐했어? 라고 물으면 아무도 커피 타임을 가졌어, 라고 답하지 않는다. 커피를 마시는 일이 '우리 삶에서 가장 드라마틱하지 않은 시간'이기 때문일 것이다. 인류의 모든 삶의 흔적들이 박물관에 재현되는 이른바 박물관 전성시대에, 그 긴 역사와 사회적 의미에도 불구하고 '커피의 흔적'이 상대적으로 홀대되어 온 것도 같은 맥락에서다. 화려한 영웅 서사의 주인공이 되기에는 커피가 너무 '일상'의 영역에 속해 있기 때문이다. '짧고 무의미한, 결코 드라마틱해 보이지 않는 그 커피 타임이야말로 바로 응축된 삶 자체'라고 보았던 자무시 감독의 시선에 박수를 보냈던 내게 커피박물관은 반가운 발견이었다.

왈츠와 닥터만 커피박물관. 남양주 강가에 자리한 박물관은 그 이름도 건물도 '양洋내'가 물씬 난다. 커피의 역사, 파종에서 음용까지의 커피의 일생, 세계의 커피 관련 유물과 친절한 해설이 함께 있다. 손수 만든 한 잔의 커피를 들고 미디어 룸으로 자리를 옮겨 영화 속 커피가 있는 풍경들을 커피의 시선으로 음미해 보기도 한다. 야생 사향 고양이 르왁의 배설물 속에서 나온 커피콩으로 만든다는, 이름도 요상한 르왁 커피가 세계에서 가장 맛있고 비싼 커피라던가. 믿거나 말거나 재미있는 커피 세상이다.
물 다음으로 많이 마시는 음료로, 세계적으로 하루에 무려 25억 잔 이상 소비되는 커피는 우리나라도 손꼽히는 소비국이다. 7세기경 에티오피아의 양치기 소년이 발견한 커피콩은 이슬람의 성직자들에 의해 '깨어 있게 하는 약'으로 개발되었고, 15세기 즈음에는 이슬람 세계에서 술 대용의 기호식품으로 뿌리를 내렸다고 한다. 그러나 오늘날의 커피 풍속도는 유럽식의 카페 문화에 기반을 둔 것으로, 우리나라에 소개된 것은 19세기 말 개화기의 일이다. 서구 문물의 상징으로 고종도 즐겼다는 '양탕洋湯국'으로부터 스타벅스에 이르기까지, 우리 근대의 영욕만큼이나 커피는 엇갈린 대접을 받았던 듯싶다.

내가 처음 커피를 맛본 것이 언제였는지 명확하지는 않지만, 아마도 우리나라에 커피가 전래될 무렵에 태어나 거의 백수를 누리고 돌아가신 외조부 댁에서였던 것 같다. 외조부는 그 연세치고는 드물게 커피 애호가였는데, 당신의 10남매 슬하 손주들이 인사차 찾아뵐 때면 언제나 더듬더듬 손수 커피를 타주시는 것이 당신의 환대 방식이었다. 귀한 커피를 장롱 깊숙이 꼭꼭 숨겨 두셨던지라 간혹 나프탈렌 냄새가 나기도 했지만, 우리 중 어느 누구도 그것을 탓하지 않았다. 출출할 때는 요기가 되어서, 추울 때는 따뜻해서, 식후에는 소화제 삼아, 심심할 때는 커피 향이 좋아서, 입 안이 깔깔할 때는 달콤하고 부드러운 맛이 그만이라는 것이 당신의 커피 예찬이었다. 커피는 당신께 일종의 전천후 음료였던 셈인데, 정작 커피보다는 설탕이나 프림 맛을, 그 커피 타임을 즐겼던 것은 할아버지뿐만이 아니었을 것이다.

그 커피는 중년을 넘긴 세대들에게는 좌충우돌하던 '기쁜 우리 젊은 날'의 추억 속에 있다. "커피 한 잔 하실래요?"가 작업의 정석이던 그 시절, 청바지에 통기타를 메고 배회하던 젊은이들이 삼삼오오 모여들어, 녹녹치 않은 인생에 대해 고민한답시고 하릴

없이 시간을 죽이던 곳. 간혹 불온한 책들을 읽으며 시국에 대해 핏대를 올리던 곳. 그곳은 걸핏하면 휴교령이 내려져 무장군인들이 교문을 지키던 대학의 강의실이 아니라, '커피 한 잔을 시켜 놓고' 누군가를 기다리던 어두컴컴한 '다방'이었다.

장발의 디제이가 갖은 멋을 부리며 따끈따끈한 팝송을 쩌렁 쩌렁 울리도록 틀어 주던 그곳에서 우리가 커피 한 잔 값을 내고 샀던 것은 달콤 쌉싸름한 커피 두어 모금이 아니라 꿈이고 희망이었다. 담배 연기 가득한 다방 한복판에서도 눈 덮인 산골짜기의 일출과 빛나는 바다를 보려 했던 시절. 꿈과 현실, 외부 세계와 나의 내면과의 그 기묘한 완충 지대에 흐르던 커피 향을 어찌 잊을 수 있으랴. 쉽게 잡을 수 없었지만 그렇다고 버릴 수도 없는 꿈. 그것이야말로 우리가 세상을 살아가는 이유이고, 오늘도 내일도 커피가 필요한 까닭이다. 그 커피가 있는 풍경은 내 삶의 아고라agora(광장)다.

열정만으로 이루어지는 꿈은 없다. 최대 커피 생산국인 브라질이 번성하지 못한 이유는, 조국을 위해 죽음을 선택하라면 기꺼이 그랬을 뜨거운 열정의 소유자들이 그 조국을 위해 무엇을 참고 지내라는 식의 일상의 스트레스를 견디기 어려웠기 때문이라던가. 커피. 그것은 조국을 위해 목숨을 바치기보다는 내일을 위해 하루하루를 참고 견디며 살아가는 많은 사람들이, 단칼에 죽는 것보다 어려운 그 일상이라는 사막에서 발견하는 작은 오아시스가 아닐까. 누가 그것을 '호사'라고 폄하할 것인가.

따뜻한 커피 한 잔이 그리운 날엔

국내 유일의, 세계에서는 여덟 번째로 만들어진 커피 박물관이다. 건물 외벽은 커피 열매와 같은 붉은 색이다. 커피의 역사, 커피의 일생, 커피 문화, 미디어 자료실, 커피재배 온실 등 다섯 개의 주제로 전시실이 구성되어 있다. 신분증을 맡기고 음성안내기를 대여하면 관람 내내 자세한 전시 설명을 들을 수 있다. 옥상의 커피재배 온실 관람까지 마치고 내려오면 갓 볶은 신선한 원두로 커피 추출체험을 하고 시음까지 할 수 있다. 경치가 좋은 북한강변에 위치해 있어 데이트 코스로도 제격이다.

왈츠와 닥터만 커피박물관

이용 시간 10:30~18:00(입장 마감 17:00)
휴관일 매주 월요일, 설날·추석 당일
　　　　(월요일이 공휴일인 경우 정상 개관, 화요일에 휴관)
관람료 대인 5,000원, 소인 3,000원
　　　　15명 이상 단체 관람 시 대인 4,000원(사전 예약)

가는 길
버　　스 청량리역에서 167번 → 진중삼거리에 하차 → 마을버스(양수리→백월리) 환승 → 영화촬영소 입구 하차
지 하 철 중앙선 운길산역 2번 출구 → 길 건너 신호등 앞에서 마을버스(양수리→백월리) 탑승 → 영화촬영소 앞 하차
자 가 용 팔당대교 → 다리가 끝나는 지점에서 우회전 → 터널 5개 지나 1km 우측 첫 번째 램프로 내려옴 → 양수리 가는 구 도로와 만나 직진 → 진중삼거리 10시 방향으로 좌회전 → 춘천, 대성리 방향으로 6km → 영화촬영소 팻말이 보이면 강 쪽으로 우회전

경기도 남양주시 조안면 삼봉리 272-6번지
031-576-0020　www.wndcof.com

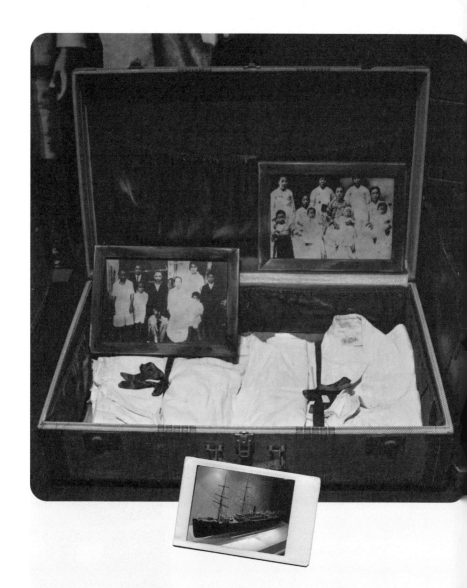

파랑새 찾아 삼만 리

한국이민사박물관

남해 바닷가에 그림 같은 마을이 있다. 빨간 지붕의 하얀 집들이 파란 바다를 배경으로 드문드문 박혀 있는 풍경은 다소 이국적이다. 1960~70년대에 간호사로, 광부로 독일에 파견되어 우리나라의 경제 발전에 기여했던 독일 거주 교포들이 수년 전에 한국에 정착하면서 조성된 마을이라고 한다. 예쁘고 낭만적인 모습의 이 집들은, 그러나 그들의 지난 세월을 말해 주지 않는다. 바다 건너의 땅은 늘 근사해 보이지만, 이방인으로 살아 본 사람들은 안다. 보이는 것과 여행하는 것, 그리고 산다는 것은 전혀 다른 문제라는 것을.

지금이야 사정이 다르지만, 내가 어렸을 적만 해도 외국이라면 거의 미국과 동의어였다. 거지도 양담배를 피우고 미제만 쓴다더라는 우스개가 유행할 만큼 미국은 기회와 풍요의 땅이었다. 미국에서 친척이 가져왔다는 미제 과자와 미제 색연필을 자랑하는 친구들을 선망 어린 눈으로 쳐다봤던 기억이 지금도 선명하다.

유럽도 예외가 아니었던 듯하다. 유럽 시골구석에 사는 빈농들에게 미국은 도로도 금으로 포장돼 있는 엘도라도였다. 오스카 와일드의 표현을 빌면 누군가 없어졌다 하면 캘리포니아에서 발견되곤 했던 이민 열풍과 함께 신대륙으로 갔던 그들은 '미국 삼촌'이 되었다. 오래전에 미국으로 이민 간 친척이 갑자기 나타나 재산을 물려준다는 의미의 관습적 표현이라고 한다.

1902년 갤릭호가 102명의 '아메리칸드림'을 싣고 제물포를 떠나 하와이로 출범했다. 우리나라 최초의 공식 이민이다. 병인

양요와 신미양요, 불평등조약으로 알려진 강화도조약 등을 거쳐, 개항의 진통 속에서 가난하지만 꿈과 자유가 난무하던 시절이었다. 오만 가지 생각으로 며칠 밤을 새우면서 행장을 꾸렸을 용감한 '이민 개척자'들이 돌아보고 또 돌아보며 이 땅을 떠난 지 100여 년. 행선지와 목표는 다르지만, 그 후로도 많은 사람들이 바다를 건너갔다. 미국으로 멕시코로 독일로 아르헨티나로.

우리의 '미국 삼촌'들은 어떻게 살았을까? 이민선이 출발했던 인천 월미도에 한국이민사박물관이 문을 열었다. 개항 당시 인천의 모습, 이민 모집 광고 등을 비롯해 현지의 열악한 여건을 극복하고 정착하기까지의 발자취, 현재 세계 각지의 한인 사회의 이모저모 등 '코리아 디아스포라 100년'을 엿볼 수 있다.

흰 두루마기에 상투를 튼 촌로의 사진과 꼬부랑글씨의 이민선 식당 메뉴, 행랑에 소중하게 챙겨 넣었던 '전주 이씨 족보'와 '대미국 하와이 정부의 명령을 밧다 여좌히 공표'하는 이민 고시…… 빛과 그림자만큼이나 대조적인 이민의 역사가 신산하다.

사탕수수 농장에서의 노동은 고단했으나 그들의 2세, 3세가 미국의 주류 사회로 진입하는 발판이 된 더없이 자랑스러운 '미국 삼촌'이 있는가 하면, 과장 허위 광고에 속아 멕시코 에네킨(선인장) 농장에서 채무 노예가 되었거나 마침내 영원한 이방인으로 떠돌게 된 저릿한 사연들도 적지 않다. '사진 신부'로 하와이 땅을 밟았던, 내 딸아이보다 어려 보이는 앳된 소녀들의 슬픈 듯 기대에 찬 모습이 내게는 가장 가슴 아픈 장면으로 다가왔다.

이민 초기에 하와이로 떠났던 7,415명의 이름이 새겨져 있는 동판 앞에서 7,415가지의 꿈과 사랑을 상상해 본다. 그러나 현재 250만에 이른다는 한인 교포들의 할아버지 할머니, 아니 그 어머니 아버지가 찾아 떠난 것이 과연 무엇인지, 그것을 이루기 위해 어떻게 살아왔는지 나는 감히 말할 수 없다. 소명을 다한 우리의 '미국 삼촌'들의 치열한 삶에 경의를 표할 수 있을 뿐이다. 부디, 그들이 내가 생각하는 것보다 행복했기를 빌면서.

　　언제부턴가 '역이민'이라는 말이 들리고, 미국 이민이 사상 처음으로 감소했다는 소식도 들린다. 또 미국에서 귀국하는 친지들이 사 가지고 올 만한 선물이 없다고 난감해 하는 걸 보면 세상은 달라져도 한참 달라졌다. 그러나 네 집 걸러 한 집이 이산가족이라는 통계가 말해 주듯이 우리들은 여전히 세상을 떠돌고 있다. 대체 무엇을 찾아 그렇게들 유랑하고 있는 것일까?

　　알랭 르네 감독의 영화 〈내 미국 삼촌〉에는 미국 삼촌이 등장하지 않는다. 〈고도를 기다리며〉의 '고도'처럼 막연한 희망이나 기다림의 대상이기도 한 '미국 삼촌'은 특정한 사람을 지칭한다기보다는 다른 곳, 다른 삶에 대한 열망의 다른 이름이다. 누구에게도 어디에서도 세상은 만만하지 않다. 그러나 어쩌랴. '인생이란 불공평한 것, 죽어 버리든가 극복하던가'* 그것은 각자의 몫이라니.

　　동서고금을 막론하고 인생이란 어쩌면 끊임없이 다른 곳 다른 삶을 꿈꾸는 여행이 아닐까. 위인들의 전기와는 달리, 끝내 열망하는 삶을 이루지 못할지도 모른다는 사실이 불행이라면 불행일 뿐. 그러나 이 유한한 인생에서 위로가 되는 것은, 욕망의 성취가 아니라, 이룰 수 없을지라도 가슴 속에 '촐라체' 하나쯤 품고 사는 일**이라던가. 이민이든 역이민이든 그것을 통해 꿈꾸는 무엇을 추구하는 그들의 삶은 적어도 아무것도 하지 않고 그대로 침몰하는 것보다 훨씬 건강하다.

　이민사박물관 가까이에 있는 차이나타운은 인천의 새로운 명소다. 이 땅의 선조들이 다른 삶을 찾아 떠났던 그곳으로 또 어떤 이들은 다른 삶을 찾아 들어와 있다. 떠났던 사람들이 돌아오기도 했고, 또 어떤 이들은 여전히 어디론가 떠나고 있다. 그렇다면 떠나는 것 자체가 능사는 아닐 것이다.

　진정한 유목민이란 '떠나는 자가 아니라 그 자리에서 새로운 것을 창안하고 창조하는 자'이며, '자신과 대결하고 익숙해진 자신을 떠나고, 낯선 삶과 낯선 세계, 낯선 타자를 향해 자신을 열어두고 그 존재들을 통해 자신을 변화시키는 자'***라고 하지 않던가. 중요한 것은 '어디'가 아니라 어디에 있든 자신의 안과 밖의 낯선 세계를 어떻게 받아들이는가이다. 너 나 할 것 없이 끊임없이 다른 곳, 다른 삶을 꿈꾸는 오늘. 우리가 직시해야 할 것은 각자의 마음속에서 불어오는 뜨거운 바람이 아닐까.

* Life is unfair, kill yourself or get over it. 영국 그룹 '블랙박스 레코더'의 노래 'Child Psychology'의 가사.
** 박범신의 소설 《촐라체》중에서.
*** 이진경의 《노마디즘》참고.

망향과 유랑의 세월, 100년

2003년 미주 이민 100주년을 맞아 우리 선조들의 해외에서의 개척자적 삶을 기리고 그 발자취를 전하기 위해 인천시와 해외 동포들이 뜻을 모아 건립한 박물관. 미지의 세계로, 극복과 정착, 또 다른 삶과 구국 염원, 세계 속의 대한인 등 네 개의 전시실로 구성돼 있다. 지난 한 세기 동안의 시대별 이민사와 중남미와 미국, 러시아 등 해외 한인사회 역사에 대한 자료와 유물 4,400여 점이 전시돼 있으며, 이민자들의 구국운동과 관련된 값진 자료를 볼 수 있다. 오디오 가이드를 대여하면 자세한 전시 설명을 들을 수 있다. 박물관 내에 이민, 역사 관련 책을 읽으며 휴식을 취할 수 있는 한국이민사도서실이 마련되어 있다.

한국이민사박물관

이용 시간 09:00~18:00(입장 마감 17:30)
휴관일 매주 월요일(월요일이 공휴일인 경우 제외), 공휴일
　　　　 다음 날, 1월 1일
관람료 무료

가는 길
지 하 철 경인전철 인천역 하차 → 버스 45, 720번 승차 →
　　　　 해사고등학교 앞 하차
자 가 용 제1,2경인고속도로 종점 → 인천항 정문(지하차도)
　　　　 → 수인사거리 → 중부경찰서(인천역) → 인천항 8부
　　　　 두 → 월미도(월미공원)

인천시 중구 북성동 1가 102-2번지 월미공원 내
032-440-4710~11 wolmi.incheon.go.kr

내 마음의 열쇠는 어디에

쇳대박물관

오래된 아파트를 손보면서 디지털

번호 키를 달았다. 문을 여닫을 때마다 "문이 열렸습니다" "문이 닫혔습니다" 일러 주기까지 하는 이 '말하는 열쇠'는 바쁜 현대 생활에 참으로 편리하고 합리적인 선택인 듯했다. 그런데 지난겨울 혹한의 후유증인지, 날이 풀리자 이 번호 키가 이상한 말을 내뱉기 시작했다. 뜬금없이 "비밀번호가 변경되었습니다" 라더니 "비밀번호를 변경해 주십시오" 하다가는 "터치 키 열 개가 입력되었습니다" 하고 갈팡질팡 횡설수설하는 것이었다.

결국 이 터무니없는 아우성은 건전지를 교환해 달라는 우회적인 항거로 드러났다. 건전지를 새것으로 넣어 주자 다시 문은 "닫혔습니다" "열렸습니다"를 정직하게 반복하게 되었다. 아니, "건전지를 교환해 주십시오"라는 직접 화법을 두고 왜 엉뚱한 소리를 했을까? 한 길 사람 속은 모른다 해도, 한 뼘 기계 속도 모르는 게 우리네 삶인가 싶었다. 더구나 비밀번호를 다시 변경해야 한다기에 이 번호의 수명은 또 얼마나 될까 고개를 저으면서 새로운 번호를 입력했다. 편리함을 위해 점점 더 많은 장치를 필요로 하는 현대의 일상은 참으로 모순이다.

열쇠가 없는 일상이란 상상조차 할 수 없는 시대를 살면서 우리는 하루 몇 개의 열쇠로 몇 번이나 '문'을 잠그고 또 열까? 집이나 회사의 출입문뿐만이 아니다. 책상 서랍과 각종 보관함, 컴퓨터와 디스켓 상자, 자동차, 여행 트렁크에 이르기까지. 내 것, 남으로부터 지키고 싶은 것, 꼭꼭 숨겨서 간직하거나 혼자만 누리고 싶은 그 무엇이 그만큼 많다는 뜻일까? 소유를 꿈꾸는 순간 번뇌는 시작된다니, 우리의 일상은 번뇌의 연속이 아닐 수 없다.

우리가 번뇌 속에 그토록 지키고자 하는 것은 과연 무엇일까? 꿈? 추억? 재산? 박물관에 있는, 산전수전 다 겪은 동서고금의 열쇠들이라면 그것을 말해 줄 수 있을까?

이름도 정겨운 쇳대박물관. 이름난 건축가 승효상의 작품인 박물관 건물은 그 자체가 하나의 '철물'이다. 외장재로 쓴 내후성 강판이 녹슨 철물을 연상케 하여 마치 거대하고 육중한 자물통 같았다. 자물통 속에 있는 자물쇠와 열쇠라……. 호랑이를 잡으러 호랑이 굴로 들어가는 자못 심각한 사냥꾼처럼 조심스럽게 계단을 올라 본다.

입구에서 방문객을 맞이하는 열쇠 군상群像이 무척 인상적이다. 한때는 누군가의 소중한 무엇을 지켰겠지만 이제는 아무짝에도 쓸모없어진 녹슨 열쇠들이 아닌가! 우리가 그토록 아등바등 지키고자 했던 그 무엇들의 소중함에 대해, 그 종말에 대해 초입부터 도발적으로 묻는다. 너희들이 영원히 지키고 싶었던 것이 과연 이것이더냐고.

'ㄷ'자형 자물쇠, 원통형 자물쇠, 함박형 자물쇠, 여러 가지 동물 모양의 자물쇠, 나무 빗장, 비밀 자물쇠, 열쇄패, 잠금 장치가 있는 각종 함, 그리고 세계의 독특한 자물쇠 등등, 세 개의 전시실에 나뉘어 있는 자물쇠와 열쇠들은 크기와 디자인, 장식기법과 열고 닫는 방법, 그 쓰임새 또한 참으로 다양하다.

자물쇠와 열쇠는 불가분의 짝이다. 기독교의 천국 문을 여는 황금 열쇠의 상징이 보여 주듯이 서양은 자물쇠보다는 '권력'이나 '해방'을 상징하는 열쇠가 중심인 문화인 데 반해, 동양에서는 '수호'의 의미인 자물쇠를 중심으로 문화가 형성되었다고 한다.

우선 서툴고 익살스럽게 장식되어 있는 거북과 물고기 형상의 큼지막한 나무 빗장들이 눈길을 끈다. 거북은 벽사辟邪와 장수長壽를 상징하는 상서로운 동물로서 특히 딱딱한 등껍질은 보호의 의미가 강조되어 자물쇠 형태로 애용되었다고 한다. 해학적으로 삐딱하게 달려 있는 거북 머리와 나무의 결을 잘 살린 등껍질의 표현은 억지로 꾸민 흔적은 없으나 기능과 상징 그리고 장식성이 자연스럽게 혼연일체가 된 아름다움 그 자체였다.

다산多産의 의미가 있는 물고기는 잘 때도 눈을 뜨고 자는 속성 덕분에 수호의 상징으로 자물쇠에 이용되었다고 한다. 느릿느릿 기어가는 거북이나 두 눈을 껌뻑거리며 게으르게 유영하는 물고기를 연상하다 보니 옛사람들의 역설적인 해학이 참으로 멋스럽게 느껴졌다.

이처럼 질박한 표현 덕분인지 나무 빗장들은 그 문 뒤켠 어디선가 언제라도 문을 열 준비를 하고 졸고 있을 것 같은 순박한 떠꺼머리총각처럼, 사람을 내치고 경계하기보다는 어서 오라고 환대하기 위한 장치로 친근하게 다가온다.

반면에 대갓집 아씨가 주인이었을 듯싶은 작은 물상형 자물쇠들은 그리 친근하지도 만만해 보이지도 않는다. 장롱이나 작은 함에 쓰인 것인 듯, 아리따운 형태와 섬세한 장식은 그 아씨가 품었음직한 말 못 할 연정처럼 섬약하고 또 사연이 많아 보인다.

일반 자물쇠와는 달리 비밀 자물쇠는 감추어진 열쇠 구멍을 찾기 위한 사전 조작이 필요하고 개폐도 단순하지 않다. 개폐 구조를 복잡하게 하는 부속들로 장식 효과를 내어 따로 문양이 없는 것이 특징이다. 일부 상류층 양반들이 특별 주문제작하여 서류나 귀중품을 보관하는 데 썼을 것으로 짐작한다. 자물쇠를 따로 달지 않고 목가구 자체에 구조적으로 잠금장치를 한 연상硯床(붓과 벼루 등 문방사우를 넣어 두던 책상)은 겉으로는 단순하지만 들여다볼수록 지적인 멋이 있다.

많은 열쇠가 필요하기는 예나 지금이나 마찬가지인가 보다. 현대판 키홀더라고 할 수 있는 다양한 모양의 열쇠패는 여러 가지 재료로 화려하게 장식되어 저마다 정교한 아름다움을 과시하고 있다. 그중에서도 압권은 온갖 상서로운 문양과 호화로운 장식을 붙인 혼수용 열쇠패다. 고이 키운 딸을 시집보내면서 부모는 열쇠패에 줄줄이 열쇠가 매달리는 영화를 누리기를 기원했을 터이다. 번뇌도 그렇게 주렁주렁 달려 갔겠지. 열쇠가 늘어 갈수록, 장식이 많고 정교해질수록 삶은 더 복잡해지고 그 주인의 소망과 진실은 점점 더 깊은 곳으로 꼭꼭 숨어들었을 게 틀림없다.

긴 세월 뒤에 '이제는 돌아와 박물관에 선' 자물쇠와 열쇠들. 과연 그들의 주인과 그 많던 보물들은 어디로 갔을까? 끝내 드러나지 않은 소중한 것들의 진실은 과연 무엇일까. 위세와 권력과 상처와 분노, 아름다움과 슬픔은 가고 그 자리에 녹슨 자물쇠와 열쇠들만 흔적으로 남아 있을 뿐이다. 주머니 속에서 여러 개의 열쇠가 쩔렁거리는 키홀더를 만지작거리면서 생각해 본다. 훗날, 미래의 박물관에서 누군가 내 열쇠들을 발견한다면 내 꿈과 상처와 사랑과 분노를 그들은 얼마나 알 수 있을까?

소명을 다한 옛 흔적들을 박물관에서 유물로 만날 때마다 나는 늘 똑같은 의문을 가지곤 한다. 그러나 우리에게 남겨진 것이 그것뿐이라면, 그 한 조각이라도 붙들고 그들의 삶을 그리고 우리의 삶을 이야기해야 하지 않을까? 그렇다면 박물관의 유물은 가로막힌 시간과 공간을 열어 주는 열쇠가 될 수 있을 것도 같다.

쇳대박물관을 나서서 미래의 유물이 될 주머니 속의 열쇠를 꺼내어 자동차를 운전하고 집으로 향한다. 현관 앞에 서서 새로 입력한 비밀번호를 또박또박 눌러 문을 열고 들어온다. 세 평 남짓한 나만의 공간을 위해 방문을 걸어 잠근다. 옷을 갈아입고 침대에 지친 몸을 누인다. 더 은밀한 세계로 들어가기 위해 컴퓨터를 켜고 암호를 입력하고 나만의 밀실로 들어온다. 그리고 자판을 두드리기 시작한다.

드디어 자유다! 그런데 이 밀실에서 나는 행복한가? 몇 겹의 보안 장치를 뚫고 마침내 다다른 작은 이 공간. 혹 이곳이 나 스스로를 가두는 감옥은 아닌가? 행여 남들이 눈치챌까 봐 미련과 욕심을 꽁꽁 끌어안은 채 자신을 이곳에 유폐시키고 있는 것은 아닐까. 그렇다면 정작 필요한 것은 이 숨 막히는 공간에서 나를 해방시켜 줄 또 다른 열쇠가 아닐까. '인간은 자신이 갇힌 감옥의 문을 두드릴 권리가 없는 죄수'라고 한 사람이 소크라테스였던가? 결국 나를 구원해 주는 것은 내 감옥의 문을 두드려 줄 가족과 친구와 연인, 그리고 이웃이 아닐까. 아, 진짜 열쇠는 사람인 것을.

무엇을 여는 열쇠일까

최홍규 관장은 자타가 공인하는 '철물쟁이'다. 철물쟁이 경력 30년에, 쇠를 달구는 불꽃의 열정으로 각양각색의 자물쇠를 모았고, 우리나라의 옛 자물쇠와 세계 각국의 독특한 자물쇠를 주제로 박물관을 열었다. 금속문화가 일찍이 발달한 우리나라의 자물쇠는 기능도 기능이지만 상징성과 장식성이 두드러진다. 대개 거북, 용, 박쥐 등 상서로운 동물이 자물쇠의 형상으로 이용되었다. 정교한 기술과 화려한 장식이 돋보여 '장석裝錫'이라는 독특한 공예로 인정받아 온 분야이기도 하다. 녹슨 철물을 연상시키는 박물관 건물은 대학로의 명물 중 하나이다.

쇳대박물관

이용 시간 10:00~18:00
휴관일 매주 월요일, 설날 · 추석 연휴
관람료 일반 3,000원, 청소년 2,000원, 어린이 1,500원
        20명 이상 단체 관람 시 500~1,000원 할인

가는 길
지 하 철 4호선 혜화역 2번 출구 → 500m 직진 → 한국문예
        진흥원 표지판 → 좌회전 후 100m 직진

서울시 종로구 동숭동 187-8번지 3층
02-766-6494 www.lockmuseum.org

다시 청춘의
플랫폼에서

나직하게 속삭인다.
눈물이 나면 기차를 타라고.
철길에 앉아 사랑한다고 외치라고.

어머니의 술

전통술박물관 '산사원'

어려서부터 후각이 예민한 작은 딸

아이는 외갓집에 대한 기억을 '외할머니 집 부엌 냄새' 혹은 '외할머니 장롱 냄새' 등으로 불러내곤 한다. 낯선 여행지의 어느 식당 앞에서 뜬금없이 외할머니 집 부엌 냄새가 난다며 기웃거린다든지, 박물관에서 "아, 외할머니 장롱 냄새!" 하면서 킁킁거리는 식이다.

외할머니 집 부엌 냄새란 좀 오래된 부엌살림에, 잔칫날 부침개나 갖은 나물 등 여러 가지 음식 냄새가 뒤섞여 있는 것이고, 외할머니 장롱 냄새란 내 할머니, 그러니까 당신의 시어머니께서 어머니가 시집올 때 마련해 주셨다는 자개장과 반닫이에 새벽마다 피우신 촛불과 향 냄새가 묘하게 배어 있는, 퀴퀴한 듯 향기로운 냄새라고 아이는 어린 장금이처럼 설명하곤 했다.

대학 4학년이던 해 가을에, 아버지께서 돌아가시고 당시로서는 신식의 아파트로 거처를 옮기신 후에도 어머니는 그 구닥다리 냄새를 고스란히 담아 오셨다. 그 후에도 사라지기는커녕 세월과 함께 깊어졌을 것이다. 제사와 명절은 끝이 없었고, 어머니의 새벽 기도도 연륜을 더해 갔으니.

명절이나 제사 때면 하루 이틀 외가에 머물다 오는 것이 고작이었던 아이로서야 알 리 없지만, 그 냄새 속에는 정작 중요한 것이 한 가지 더 있다. 바로 술 익는 냄새다. 아파트 생활을 하면서부터는 누룩을 직접 띄우는 일이 거의 없어졌지만, 술꾼인 내 남편이 장모님을 존경하는 이유 중의 하나로 꼽던 가양주家釀酒 빚

177

기는 어머니의 아주 오래된 일상이었다.

소위 경상도 양반집 맏며느리였던 어머니는 늘 북적이는 관계들 속에서 그 많은 대소사를 소리 없이 진두지휘하시던 노련한 참모였다. 일가친척들이 모일라치면, 어느 집 큰딸은 혼자서 제사상을 차릴 수 있다더라, 술도 빚을 줄 안다더라 하는 것이 혼인 적령기 처자에 대한 최고의 덕담으로 오가던 시절이었다.

안타깝게도 나는 '더 중요한 공부'를 하느라 술 빚는 것을 배우지 못했다. 술 빚던 날, 시골집 안마당과 부엌, 대청마루를 넘나들던 들뜨고 부산스러웠던 분위기만이 유년의 기억 속에 어슴푸레 남아 있을 뿐이었다. 그런데 그 아련한 소리와 빛깔이 또렷하게 되살아난 것은 포천의 전통술박물관에서였다. '김 씨 부인 양주기' — 그것은 내게 내 어머니, 곧 정 씨 부인 양주기로 치환되어 어린 시절의 그날을 한 장면 한 장면 되돌려 주고 있었다.

마당에서 며칠째 볕 바라기를 하던 빈 술항아리들이 햇빛에 반짝이는가 싶더니, 그 사이로 숨바꼭질이라도 하는 양, 치맛자락을 나풀거리며 조그만 여자 아이가 아른거린다. 독 깨질라! 하시는 어머니의 다급한 목소리, 삐걱거리는 펌프질마다 쏟아지는 물소리는 경쾌하기 이를 데 없다. 춤추며 부서지는 물방울 위로 빛나는 햇살이며, 커다란 소쿠리에 씻어 받쳐 놓은 하얀 쌀은 또 얼마나 눈부신지! 그 쌀로 부엌에서는 고두밥을 쪄내고 또 한쪽에서는 절구에 누룩을 빻고……. 청명하고 바람도 솔솔 부는 어느 날, 술을 빚는 그날은 분명 신 나는 날이었고, 술을 빚는다는 것은 특별한 일이었다.

그렇게 빚어진 술은 뽀송뽀송 말린, 두어 개의 배불뚝이 항아리에 담겨 건넌방의 아랫목 한쪽을 얌전히 차지하였다. 얼마 후 시큼하고 향긋한 냄새가 폴폴 나기 시작할 무렵이면 한 차례씩 가슴 철렁한 경험이 기다리고 있곤 했다. 그것은 다름 아닌 밀주 단속반의 출현이었다.

지금에서야 알 것도 같지만, 그 당시에는 좀처럼 이해할 수 없는 부분이 있었다. 첫째, 그토록 명망 있는 내 어머니께서 왜 법에 저촉되는 나쁜 일을 하시는 걸까 하는 의문이었고, 둘째, 안채 가득 야릇한 냄새를 풍기던 술 항아리는 담요로 어설프게 덮여 있었지만, 단속은 언제나 내 가슴을 널뛰듯이 펄떡거리게 했을 뿐 그 때문에 특별히 큰 사단이 났던 기억은 없다는 것이다.

이런저런 소란도 아랑곳없이 잘 익은 어머니의 술은, 잦은 봉제사奉祭祀, 접빈객接賓客의 크고 작은 상차림에서 언제나 주인공이었다. 그 속에서 술지게미나 감주 한 사발로도 행복했던 시절은 가고 우리 형제들은 하나 둘씩 어머니의 술로 이른바 성인 신고식을 하였다. 개방적이신 아버지 덕분에 딸이자 막내인 내게도 당연히 차례가 왔다. 그리고 마침내 처음에는 영 마뜩잖아 하셨던 지금의 남편을 사윗감으로 인정하시던 날, 상에 올라왔던 어머니의 술.

그 술은 말하지 않아도 알 수 있는 모든 것을 담고 있었다. 사위가 될 인연을 한때나마 박대했던 것에 대한 미안함, 철없는 우리들에 대한 기대와 걱정, 먼저 가신 아버지에 대한 원망, 그리고 막내까지 짝을 맺게 된 그 순간 당신 삶에 대한 어떤 안도와 남모를 회한……. 만감이 녹아 있는 어머니의 술은 달고 시고 떫고 쓰고 아린, 묘한 맛이었다. 그 술맛을 알게 되었을 무렵, 나는 어른이 되었던 것 같다.

어른으로 산다는 것은 술이 필요한 일임에 틀림없다. 술꾼의 아내로 살면서 나도 제법 술과 친한 처지가 되고 보니, 술 권하는 사회의 풍속을 조금은 알게 되었다. 술만큼 양면성을 가지고 있는 것이 또 있을까? 뜨겁기도 하고 차갑기도 한 술 자체의 속성도 그렇지만 술과 사람의 관계 또한 그렇다. 사람들에게 술은 서로 죽고 못 사는 애인이거나 싸워 무찔러야 할 적이거나다.

때로는 그 구분 자체가 모호하고, 어쩌면 같은 말의 다른 표현일 때도 있다. 그냥 원수가 아니라 '웬수!'고 '미워할 수 없는 녀' 다. 백약의 으뜸이자 백독의 두령이라는 술, 기뻐도 한 잔, 슬퍼도 한 잔 해야 하는 것이 못 말리는 우리네 풍습이고 보면, 술이라는 존재는 삶의 짐이기도 하고 날개이기도 하다. 대체 술이 뭐기에? 아니, 삶이 뭐기에?

우리나라의 가양주는 600여 가지, 그중 제조법이 알려진 것은 250여 가지라고 한다. 내 어머니의 술도 그중의 하나일 터, 그 가지가지 술에 얽힌 사연들은 또 얼마나 많을까? 그러나 전통 술 이야기, 우리 술의 역사, 인형으로 재현하는 '김 씨 부인 양주기'는 소주 100억 병 출시 기념 시대에 듣기에는 너무 낯선 옛이야기인지도 모르겠다.

정갈하게 마음을 다듬고, 누룩을 꼭꼭 디뎌서, 정성스레 술을 빚고, 오래 익히고, 느릿느릿 걸러서, 때로는 소주로, 때로는 탁주로 내려 마침내 얻은 한 잔의 술. 그것은 술이라기보다는 정성이고 기다림이고 염원이고 해후이기 때문이다. 더구나 약식주동원藥食酒同原, 술은 곧 약이고 음식이라는데, 밤새도록 부어라 마셔라 하는 객기와 폭주 속에, 드디어 술이 사람을 삼키고야 마는 어지러운 풍속은 그 무심한 듯 천연스러운 진짜 술에 대한 모독이 아닐 수 없다.

어찌 뜨거움만이 능사이겠는가. 열정이란 드러나지 않는다고 해서 존재하지 않는 것은 아니다. 노년의 어머니께서 돋보기에 의지해 가며 셰익스피어를 읽으시고, 인상 깊은 대목을 붓펜으로 한 자 두 자 더디게 옮기시던 모습을 떠올리자니, 안으로 무르익고 발효되어 형체도 없어지고 빛깔도 없어진, 단지 맑은 물 한 잔으로 남은 어머니의 술이야말로 바로 당신의 열정이 아니고 무엇이랴 싶다.

어머니께서 돌아가신 후 유품을 정리하면서 그중 몇 가지를 우리 형제들은 나누어 가졌다. 그런데 우리 집으로 옮겨 온 어머니의 장롱에서는 더 이상 '외할머니 장롱 냄새'가 나지 않는다. 더구나 술 익는 냄새는 내 기억 속 박물관에서나 맡을 수 있게 되었다. 나만의 박물관에 나만의 보물이 하나 둘씩 늘어 갈 때, 우리는 늙어 가는 것일 게다.

문득 훗날 내가 무엇으로 존경받는 장모가 될 것이며, 또 내 아이의 아이들에게 나는 무슨 냄새, 무슨 빛깔로 기억될 것인가를 걱정해야 하는 나이가 가까워 온다는 생각에 정신이 번쩍 든다.

아! 이래저래 '조흔 술' 한 잔이 다시 그리운 밤이다.

술이 빚어내는 인생과 예술의 향기

우리 전통 술 재현과 계발에 힘쓴 국순당 배상면 회
장의 아들 부부가 세운 전통 술 문화 체험공간. 전시
콘셉트는 '김 씨 부인 양주기'로 20세기 초 어느 시
골 젊은 아낙을 통해 우리 전통 술의 옛 모습을 담
아냈다. 겹오가리, 소줏고리, 용수 등 주조 도구를
비롯, 전통 술 관련 유물 1,000여 점을 만날 수 있
다. 시음 코너에서는 가열살균하지 않아 술이 가진
고유의 향미를 음미할 수 있는 양생주 10여 가지를
무료로 마실 수 있고, 술빵, 술약과 등 술지게미로
만든 음식도 별미다. 홈페이지를 통해 신청하면 가
양주를 직접 빚는 체험 프로그램에 참가할 수 있
다.(교육비 별도)

전통술박물관 '산사원'

이용 시간 08:30~17:30
휴관일 연중무휴
관람료 무료

가는 길

버　　스 일동시외버스터미널 → 시내버스 66-1, 5, 7, 55번
　　　　　 승차 → 화현3리 하차 → 도보 5분

자 가 용 중부·외곽순환도로 → 구리TG → 47번 국도(일동
　　　　　 방향) → 장현 → 내촌면 → 베어스타운 → 운악산 →
　　　　　 화현IC → 우회전 후 700m 직진 → 우측에 산사원

경기도 포천시 화현면 화현리 512번지
031-531-9300　www.sansawon.co.kr

비슷한 테마의 다른 박물관
배다리박물관 | 경기도 고양시 덕양구 성사1동 470-1번지
　　　　　　 031-967-8052　www.baedari.co.kr
술박물관 리쿼리움 | 충북 충주시 가금면 탑평리 51-1번지
　　　　　　 043-855-7333　www.liquorium.com

안전제일
태백갱
861 ML

그해 겨울은 따뜻했네

태백석탄박물관

또 다른 말도 많고 많지만

삶이란
나 아닌 그 누구에게
기꺼이 연탄 한 장 되는 것

방구들 선득선득해지는 날부터 이듬해 봄까지
조선팔도 거리에서 제일 아름다운 것은
연탄차가 부릉부릉
힘쓰며 언덕길 오르는 거라네
해야 할 일이 무엇인가를 알고 있다는 듯이
연탄은, 일단 제 몸에 불이 옮겨 붙었다 하면
하염없이 뜨거워지는 것
매일 따스한 밥과 국물 퍼먹으면서도 몰랐네
온몸으로 사랑하고 나면
한 덩이 재로 쓸쓸하게 남는게 두려워
여태껏 나는 그 누구에게 연탄 한 장도 되지 못하였네

안도현의 시 '연탄 한 장' 부분

화려한 시절에 바치는 송가일까? 태백석탄박물관 초입, 거대
한 권양기捲楊機 탑이 그 크기만큼이나 을씨년스럽게 서 있다.
우리나라 최대의 무연탄 매장량과 생산량을 자랑하며 조국 근대

화에 앞장섰던 태백. 그때 그곳엔 사람도 꿈도 넘쳐났지만 1989년을 전후한 '석탄산업 합리화정책'으로 하나 둘 문을 닫기 시작한 탄광은 이제 한 손에 꼽을 정도만이 남아 있다고 한다.

영욕의 흔적 위엔 박물관이 들어섰다. 카지노가 되어 버린 옆동네 사북에 비하면 그나마 다행이지만 탄가루가 날리지 않는 크고 깨끗한 박물관은 어쩐지 낯설다. 애증이 교차하던 삶의 터전을 끝내 떠나지 못한 광부들의 원혼이라도 되는 듯, 떠도는 겨울바람이 맵고 찼다.

태백석탄박물관으로 향하면서 나는 탄광촌을 배경으로 한 영화 몇 편을 떠올렸을 뿐이다. 마침내 발레리노로 성공한 빌리의 인간 승리를 담은 영화 〈빌리 엘리어트〉나, 음악을 통해 메마른 아이들의 마음은 물론 자신까지도 치유하는 최민식 주연의 신파 〈꽃피는 봄이 오면〉에 젖어 있었다. 또 탄광촌의 진정한 사표師表 故 임길택 선생님과 그 제자들의 어제와 오늘을 다룬 TV 다큐 〈길택 씨의 아이들〉이 영화보다 더 감동적이었다는 것을 새삼 생각한 정도였다. 남의 남루한 일상을 엿보면서 그것을 그럴듯한 휴머니즘으로 포장하고 싶은 얼치기 감상주의자의 정서 그 이상도 이하도 아니었다.

겨울 한밤중 연탄을 갈아 본 사람만이 존재의 밑바닥을 안다던가. 연탄집게 한 번 잡아 보지 않고 삶을 안다고 하지 말라던 '연탄 시인' 안도현의 경고를 상기하고 나는 이쯤에서 말을 아끼고, 석탄박물관의 이야기에 찬찬히 귀 기울이기로 했다.

삶이라는 '사막'의 어딘가를 건너고 있을 그 누구에게 구릉마다 맞닥뜨리는 숱한 추위와 목마름에 대해, 때로 치욕과 어둠 속에서도 끝내 포기할 수 없었던 저마다의 오아시스에 대해 그곳보다 더 진솔한 목소리로 들려줄 곳이 없어 보였기 때문이다.

　지질관을 지나 진동과 연기로 현장감을 살린 '갱도'를 따라 석탄 이용관에 들어서면 단연 연탄이 눈에 띈다. 불과 얼마 전만해도 우리 일상의 중심에 있었던 연탄. 하지만 연탄보다 내게 더 특별한 것은 작은 난로였다.

　유난히 추위를 탔던 나는 교실의 앞쪽 가운데쯤에 놓여 있던 조개탄 난로와 학창 시절 내내 불화不和했다. 그 난로는 뜨겁다 못해, 다투어 올려놓은 양은 도시락을 태우기까지 하여 반찬 냄새가 온 교실에 진동케 했다. 하지만 키가 큰 탓에 뒷줄에 앉아야 했던 내게는 조금도 친절하지 않아 나는 늘 얼기 직전 상태로 오돌오돌 떨어야 했다.

　내가 사람이나 사물이나 화끈한 성질에 대해 그다지 신뢰하지 않게 된 것은 혹 그때 태우거나 얼리기만 했던 조개탄 난로의 극단적인 횡포에 휘둘린 때문은 아닐까 생각해 본 적이 있을 정도다. 그러나 연탄가스 중독으로 결석하는 일이 흔했고 같은 반 친구가 목숨까지 잃기도 한 시절이었으니, 이렇게 건재한 나로서는 그 추위도 조개탄 난로도 그냥 추억이 되었다.

　생명의 위협을 감수해야 하는 광부들의 열악한 현실과 마주하면 그조차 복에 겨운 투정임이 확연해진다. 작은 십자가와 부적 등, 아버지 혹은 아들의 안전을 기원했던 소품들이 마음을 짠하게 한다. '밥은 네 주걱을 담지 않는다'거나, '출근할 때 여자가 앞길을 가로지르지 않는다'등 온 마을이 매달려 준수하던 금기 리스트에도 불구하고 사고는 잦았던 모양이다. 매년 200명이 사망하고 5,000명 이상이 부상했다는 통계가 슬프다.

민주화 운동이 한창이던 1980년 4월, 인근 사북의 최대 민영 탄좌에서 당시 어용노조 지부장 사퇴와 처우 개선을 기치로 한 '사북 사태'가 일어났다. 광주항쟁의 도화선으로 평가되는 그 역사적 사건에 대한 박물관의 예우는 놀랍게도 단 한 개의 패널로 그쳤다.

데모와 휴교령의 반복으로 온 나라가 들썩이고 무장 군인이 지키던 굳게 닫힌 교문 앞에서 수시로 절망했던 그때, 용감한 운동권도 철저한 학구파도 되지 못한 채 그저 두려움에 떨었던 소심한 내 모습이 클로즈업되어 왔다.

시위 현장에서 누군가 목숨을 잃거나 다치고 직장과 학교에서 쫓겨나는 동안 나는 무사히 졸업했고, 2004년 동원 탄좌가 마침내 폐쇄되었다는 뉴스를 마지막으로 사북은 역사 속으로 사라졌다. 그 자리에 자본으로 무장한 세련된 '문화 시설'이 들어섰지만 탄광촌 사람들이 얼마나 더 행복해졌는지 나는 모른다. 그러나 탄광 지역 병원은 아직도 과반수 이상이 진폐증 환자라는 현실 앞에 '문화'는 무색하다.

〈무한도전〉의 놀이터를 방불케 하는 갱도 체험관을 돌아 나오니 스펙터클로 소비되는 문화 시설로서의 박물관과 기억과 성찰의 장으로서의 박물관 사이의 딜레마로 머리가 복잡했다.

박물관에 재현된 탄광촌의 이야기처럼 삶이 그렇게 간추려 요약될 수 있을까? 언제나 현실은 영화보다 박물관보다 남루하고 극적이다. 편집되어 버려진 부분, 아니 미처 촬영되지 못한 장면들. 수장고에 처박혀 있는 시시콜콜한 유물들, 아니 주목조차 받지 못하고 이미 사라져 버린 무수한 삶의 흔적들. 그 지리멸렬함 속에 더 깊고 푸른 삶이 존재한다는 것이 비극이라면 비극인 셈이다.

첩첩산길은 포장이 한창이었다. 탄광촌은 머지않아 모두 새로운 문화 도시로 거듭날 모양이다. 신작로 옆 저탄장 산마루 너머 해가 지고 있었다. 막장 속만이 아니라, 탄가루 자욱한 탄광촌만이 아니라 어둠은 모든 곳에 평등하게 내리겠지. 아직 광부로 남아 있는 이들은 스스로를 천연기념물이라 부른다던가.

깊은 밤 '을반'이 퇴갱하고 '병반'(밤 11시 30분 교대)이 입갱하는 시간이면 '갑반' 광부들은 새 아침의 노동을 위해 곤한 잠에 빠져 있을 것이다. 아니, 더러는 비루한 현실을 비관하고, 그래도 버릴 수 없는 한 자락 꿈을 다시 꼭꼭 여미며 소주잔을 기울이고 있을까? 따뜻한 아랫목과 국밥 한 그릇을 위해 한밤중 누군가는 연탄을 갈 것이며, 졸린 눈을 비비며 아빠의 무사 귀환을 기도할 것이다.

'삶이란 / 나 아닌 그 누구에게 / 기꺼이 연탄 한 장 되는 것'*이라던가. 검게 태어나 붉게 살다가 하얗게 마감하는 숭고한 생

앞에서 시인은 우리에게 묻는다. '연탄재 함부로 발로 차지 마라 / 너는 / 누구에게 한 번이라도 뜨거운 사람이었느냐' *고.

찔리는 구석이 많은 나는 이렇게라도 물어 보아야겠다. 누군가 '아침이 올 때까지 졸음과 싸우며 / 탄 속 돌멩이들을 고르고' 있는 동안, '텔레비전 속 부자 아줌마 / 쓸데없이 울고 있는' ** 그 모습이 혹 나는 아닐까 하고. 이내 모골이 송연해진다.

* 안도현의 시 '연탄 한 장'과 '너에게 묻는다' 중에서.
** 임길택의 시 '연속극을 보다가' 중에서.

연탄의 추억

타버린 연탄처럼 점차 우리들의 기억 속에서 사라져 가고 있는 석탄 산업의 시작과 현재, 광부들의 삶을 들여다볼 수 있는 곳이다. 석탄의 생성 과정에서부터 채굴, 이용에 이르기까지 전 과정이 아주 실감나게 전시돼 있어 자연사 박물관으로도 손색이 없다. 시뮬레이션 시스템, 특수효과 등을 이용, 관람객이 간접적으로 체험할 수 있도록 되어 있는 것이 특징이다. 갱도 엘리베이터를 타고 지하 갱도로 내려가는 체험 갱도관은 광차를 탄 것 같은 기분을 느끼게 한다. 갱도가 무너지는 모습도 연출되고 있어 간접적으로나마 당시 탄부들의 작업상을 체험할 수 있다.

태백석탄박물관

이용 시간 **09:00 ~ 18:00(입장 마감 17:00)**
휴관일 **연중무휴**
관람료 어른 2,000원, 학생 1,500원, 어린이 700원
      30명 이상 단체 관람 시 200~500원 할인
      태백산도립공원 입장권 소지 시 무료 관람

가는 길
버　　스 문곡역 또는 태백시외버스터미널 ➡ 당골행 시내버스 승차 ➡ 종점(태백산도립공원주차장) 하차
자 가 용 제천IC ➡ 38번 국도 ➡ 영월, 증산, 사북, 고한 지나 상장삼거리(우회전) ➡ 31번 국도 ➡ 태백산 당골 입구(좌회전) ➡ 태백산도립공원 주차장

강원도 태백시 소도동 166번지
033-552-7730, 550-2743 www.coalmuseum.or.kr

비슷한 테마의 다른 박물관
문경석탄박물관 | 경북 문경시 가은읍 왕릉리 432-5번지
                054-550-6424 www.coal.go.kr
보령석탄박물관 | 충남 보령시 성주면 개화리 114-4번지
                041-934-1902 www.1stcoal.go.kr

자화상 그리기

얼굴박물관

'엄마가 그러는데, 아빠 얼굴에는 아직
도 광채가 살아 있대!' 지난 남편의 생일날, 큰 딸아이가 보낸 카
드의 겉장에는 그렇게 쓰여 있었다. 눈이 반짝반짝하는, 수려한
남자의 얼굴 그림과 함께. 룰루랄라 하던 남편이 갑자기 괴성인
듯 탄식인 듯 "으으~" 하며 카드를 내게 건네주었다. 안에는 늙
수그레하게 머리가 벗겨진 또 다른 남자 그림이 있었는데, 위에
적힌 말이 더 가관이었다. '광채가 머리 위로 옮겨 갔을 뿐.' 그
게 끝이 아니었다. 그 반대 면은 거울로도 손색이 없게 특수 코팅
처리되어 있었다. '자, 한번 확인해 보시라고! 아빠 사랑해!'

젊어서 남편은 꽤 동안童顔이었다. 반고수머리에 이목구비가
분명한 편이라, 더러 잘생겼다는 소리를 듣기도 했다(고 한다).
반대로 나는 밋밋한 얼굴에, 굳이 들자면 피부가 희고 깨끗하다
는 것밖에는 내세울 게 없었다. 성격도 그렇지만 우리 부부는 생
김새도 피부색도 전혀 딴판이었다. 첫 아이를 가졌을 때, 시누이
는 대체 어떤 아이가 태어날까, 혹시 얼룩이가 나오는 것은 아닐
까 농담을 했을 정도다.

그런데 언제부턴가 우리는 닮았다는 말을 듣기 시작했다. 그
냥 덕담으로 하는 말이거니 했는데 그 빈도가 점점 잦아졌다. 아
직도 서로 억울해 하며 인정할 수 없다고 손사래를 치고 있지만
남편에게는 설상가상으로, 남편보다 내가 젊어 보인다는 아부인
지 칭찬인지를 하는 사람도 생겼다. 남편과 동갑내기인 나는 연
애할 때부터 남편이 어려 보여 신경을 썼던 터였는데, 어느 순간

전세가 역전된 것이다. 그럴 때면 나는 "뿌린 대로 거두는 법"이라고, 남편은 "시집을 잘 와서"라고 응수하곤 한다.

'얼굴은 육체의 영혼'(비트겐슈타인)이라던가. '모든 것은 얼굴에 있다'(키케로)고도 한다. 링컨은 마흔을, 또 조지 오웰은 쉰을 기준으로 삼았지만, 사람이 각자 자기 얼굴에 책임을 져야 한다는 말은 이미 진부하다. 그러나 얼굴은 인생의 전기(傳記)라는 말에 누가 감히 이의를 달겠는가. 얼굴은 곧 각자의 삶이 그린 자화상과 다름없다.

얼굴에 대해 이곳, 이 사람만큼 깊은 애정과 조예를 가진 이도 없을 듯하다. 경기도 광주의 얼굴박물관, 김정옥 관장이다. 극단 자유의 대표이자 연출가로 오래 무대를 지켜 왔던 김 관장의 관심은 사람, 특히 그 사람의 모든 것을 함축하고 있다는 '얼굴'이다. 무대 위 이야기만이 아니다. 하긴 사람은 저마다 인생이라는 무대의 광대가 아닌가. 문무인석, 동자석 등의 석인들, 나무 장승과 목조각, 도자기와 테라코타 인형, 와당, 가면, 초상화 그리고 현대의 회화와 조각에 이르기까지 천의 얼굴의 광대들이 박물관이라는 또 다른 무대에 모여 있다.

육중해 보이는 박물관의 출입문 앞에는 '사람이 지겹고 싫은 사람, 틀에 박힌 일상에 머물고 싶은 사람은 들어오지 마시라'는 엄중한 경고가 붙어 있다. 쉬 열릴 것 같지 않은 이 문은, 그러나 '사람이 그립고, 시공을 넘어서 표정을 주고받고 싶은 사람, 자유로운 대화를 즐기고 싶은 사람'에게는 무겁기는커녕 스르륵

열리는 자동문이다.

　앞마당은 석인들의 야외 무대다. 용모가 수려한 석인도 있지만 목이 없거나 군데군데 상처 입은 석인들, 풍파에 닳아서인지 너무 못생기고, 이목구비조차 알아볼 수 없는 얼굴들도 따로 또 같이 서 있다. 관석헌觀石軒에 앉아서 이름 그대로 석인들을 내려다보노라면, 숱한 사연 속에 피고 졌을 희로애락이 낱낱이 전해지는 듯하다. 얼굴이 못생겨서 죄송하다는, 그러나 뭔가 보여 드리겠다던 고인이 된 어느 코미디언의 얼굴이 얼마나 많은 것을 보여 줬던가를 상기한다. 과연 얼굴은 침묵으로도 삶을 웅변한다.

　실내 전시장은 무척 인상적인 구조다. 진열대 밑에는 바퀴가 달려 있어 필요하면 옆으로 치우고 작은 무대를 만들 수 있다. 반대쪽 계단은 객석으로 변신한다. 전시장인가 싶으면 공연장인 듯하고, 아니 창고 같기도 한 이 공간은 일견 허술해 보이지만, 세련된 '화이트 큐빅'의 여느 박물관에서는 느낄 수 없는 친근함이 있다.

　특히 재료와 크기, 장르에 관계없이 어우러진 '얼굴'들은 박물관의 철학을 잘 드러낸다. 이곳에서는 선택받은 왕자나 공주만이 주인공이 아니다. 세상 구석구석 누구라도 제 삶의 주인공이듯 여기 모인 얼굴들도 자신만의 삶을 진솔하게 증언하고 있다.

　이 벼룩시장식 전시 철학을 그는 '쓰레기의 미학'이라 소개한다. 선비와 머슴 사이, 쓰레기와 예술품의 경계는 모호하다. 모든 경계에는 꽃이 핀다던가. 바로 삶이라는 꽃이 환하게 피었다. 한 구석에서 목을 길게 빼고 있는 퉁명스러운 나무 장승 하나가 초

탈한 현자처럼 물끄러미 굽어본다. 그걸 인제 알았느냐는 듯이.

잘난 것은 잘난 대로 못난 것은 못난 대로, 어제의 얼굴과 오늘의 얼굴이 어우러진 한바탕의 이야기 마당을 돌아 나오니, 내가 책임져야 한다는 내 얼굴 위의 삶이 어떤 모습일지 새삼 두려워진다. 박물관은, 실은 이 질문을 던지기 위해 어눌한 듯 노련한 연출가가 경계도 규범도 허물고 치밀하게 계획한 또 하나의 무대였나 싶기도 하다.

과연 나는 어떤 자화상을 그리고 있을까? 세월 앞에 장사 없다고, 남편은 "잘생긴 것도 죄냐?"는 객쩍은 농담 대신에 검은깨니 검은콩이니 탈모에 좋다는 음식들을 주워섬겨야 하는 쓸쓸한 나이가 되었다. 변장과 분장을 위해서 '거울 앞에 앉는 여자'가 된 나도 마찬가지다. 젊어 보인다는 말에 물색없이 희희낙락하다가도 혹 나잇값을 못 한다는 뜻인가 싶어 가슴이 철렁한다. 관계 속에 부대끼며 살아가는 것이 인생이고 보면 우리는 자신의 얼굴뿐 아니라 상대의 얼굴에도 일말의 책임을 져야 하는지 모른다.

남편에게 비수를 던져 놓고, 그 가슴에 다시 꽃을 피워 준 딸아이의 사랑해, 그 한마디처럼, 아름다운 자화상은 사랑이라는 물감으로 그려 가는 것이 아닐까. 사랑이 있는 한 세월도 상처도 얼굴 위의 빛나는 훈장이다. '…돌멩이라도 좋고 / 쓰레기라도 좋고 / 잿더미라도 좋지요 / 사랑하겠다는 것.'*

---

* 김지하의 시 '사랑' 중에서.

천의 얼굴이 한자리에

'사람과 얼굴이 공존하는 공간'을 구상하면서 연출가 김정옥 선생이 세운 박물관. 옛사람들이 만든 석인, 목각 인형, 세계 여러 나라의 도자 인형과 유리 인형, 사람의 얼굴을 본뜬 와당과 가면 등 약 1천 점의 얼굴과 관계된 모든 것이 한자리에 모여 있다. 무표정한 얼굴, 찡그린 얼굴, 웃는 얼굴, 겁주는 얼굴, 화난 얼굴, 무표정한 얼굴 등 다양한 얼굴을 보고 있노라면 '얼굴은 좁은 공간이면서 동시에 무한히 넓은 공간이다'라는 김정옥 관장의 말을 이해할 수 있게 된다. 팔당호가 내려다보이는 관석헌 툇마루에 앉으면 찡그린 얼굴도 금세 환해질 것이다.

얼굴박물관

이용 시간 10:00~18:00(금토일은 항시 개관, 화수목은 전화 예약 시만 관람 가능)

휴관일 매주 월요일

관람료 일반 4,000원, 청소년 3,000원, 어린이 2,000원 단체 관람 시 500~1,000원 할인, 경기도 광주 시민은 3,000원
※골드(차와 커피 및 쿠키 포함) 8,000원

가는 길

버 스 동서울시외버스터미널 앞에서 13-2번(퇴촌 방향) 이용, 종점에 하차

자 가 용 광주 천진암IC(오른쪽 끝 톨게이트) → 바로 우회전 → 도마삼거리(우회전) → 직진 3km(천진암, 퇴촌 방향) → 두 갈래 길 중 좌측 직진 → 퇴촌 밀면집이 보이는 사거리에서 좌회전 → 분원리 → 분원슈퍼 골목으로 5m 직진

경기도 광주시 남종면 분원리 68번지
031-765-3522 www.visagej.org

내게 행복을 그려 줘

조선민화박물관

'사람은 무엇으로 사는가?' 톨스토이를 읽었다면 사랑이라 해야겠지만, 나는 대뜸 "꿈!" 했다. 답은 'ㄲ'으로 시작하는 한 글자라고 했기 때문이다. 모처럼 시댁 식구들과 모인 자리에서 그렇게 말해 놓고 나니 적이 민망했다. 성공의 조건이기도 하다는 그 답은 모두 여섯 가지라는데, 그래, 맞아! 하고 무릎을 쳤던 나머지 다섯 가지 — 끼, 깡, 꾀, 꼴, 끈 — 를 미처 떠올리지 못해서가 아니다. 어른이 되고부터는 아무도 내게 물어 오지 않았고 내가 어른인 누군가에게 물어본 적도 없는 꿈, 그게 달랑 내 대답이어서였다. 이 나이에 여태 꿈 타령이라니 싶기도 해서.

사람들 답이 가지가지다. 재미있는 것은, 그 답이 각자의 내력이나 현재 살아가는 모습을 반영하고 있다는 점이었다. 음악을 하는 큰 시누이는 '끼', 사업을 하는 큰 시누이 남편은 '깡', 영리하고 재치 있으며 패션과 외모에도 관심이 있는 조카는 '꾀'와 '꼴', 좌충우돌하는 내 딸아이는 '꿈'과 '깡', 또 지혜로운 살림꾼인 작은 시누이는 '꾀', 로맨티스트로 통하는 작은 시누이 남편은 '꿈'을 들었기 때문이다. 각자가 꼽은 '딱 한 자의 무기'를 놓고 그 사람의 실제와 상관관계가 있네 없네, 인간의 욕망이 그 사람을 만드는 것이네 아니네 의견이 분분했지만 궁극적으로 지향하는 것이 행복이라는 데는 아무도 이의를 달지 않았다.

그런데 사람들은 '행복하게'가 아니라 그 '행복에 이르게 해줄 것 같은' 무수한 욕망에 매달려 살고 있는 듯하다. 꿈을 꾸고,

끼와 깡으로 무장하고, 꾀를 내고 꼴을 가꾸고, 또 때로 끈을 찾으면서. 그런데 행복해지기 위해 아등바등하는 그 삶은 그다지 행복해 보이지 않는다. 욕망은 채울 수 없고 꿈은 늘 닿지 않는 곳에 있기 때문이다. 예술이 좌절된 욕망에 날개를 달아 주기도 한다지만, 불행하게도 너무 멀리 있다. 펄떡펄떡 살아 있는 욕망을 달래기에는 너무 세련되고 차갑기까지 하다.

필요한 건 거리를 두고 교양을 갖추어 감상해야 하는 고상한 예술이 아니라, 손을 뻗으면 잡을 수 있는, 소박하고 따뜻한 무엇이다. 촌스럽지만 가볍게 눈물 한 바가지 쏟고 나면 개운해지는 신파 같은, 언제든지 꺼내 보고 힘을 얻을 수 있는 나만의 부적 같은 그런 것. 바로 그곳에 민화가 있다. 이전투구의 적나라한 일상 한가운데 천연덕스럽게 앉아 행복을 그려 줄게, 하고 말하는 수호천사 ─ 민화는 멀리하기에는 너무 가까운 그림이다.

방랑 시인 김삿갓의 고향이자, 비운의 왕 단종의 무덤이 있어서일까? 강원도 영월은 역사의 비바람과 인간의 욕망, 그 한 맺힌 사연들이 유난히 깊이 서려 있는 곳인 듯싶었다. 풍광이 그렇고 길도 그랬다. 영화 〈라디오 스타〉에서 날것 그대로의 열정으로 펄펄 날았던 그룹밴드 '이스트 리버'처럼, 눈길 한 번에 기다렸다는 듯이 폭발하듯 통곡하듯 이야기를 쏟아 낼 것만 같은 절경이 이어졌다. 조선민화박물관은 그 한 자락에 자리 잡고 있다.

나쁜 기운을 물리치고 자자손손 행복하게, 잘 살게 해달라는 가지가지의 염원을 담은 민화는 어찌 보면 뻔하다. 그 소재가 꽃이었다가 물고기였다가 새였다가 호랑이였다가 할 뿐, 상투적인 이야기는 능청스럽도록 반복되고 있다. 하긴 인간의 욕망처럼 뻔한 것이 또 어디 있겠는가. 오십보백보인 일상에서 비슷비슷한 욕망과 번민으로 고만고만하게 울고 웃으며 사는 것이 삶이거늘, 지 알고 내 아는 것이라 해도 생략할 수는 없는 것이다.

상투적이지만 여전히 심각한 욕망은, 그러나 익살스럽고 해학적인 그림 앞에서 종종 무장 해제된다. 사악한 기운을 물리치고 반가운 소식을 전해 준다는 〈호작도虎鵲圖〉의 호랑이는 동물의 왕, 맹수가 아니라 친근하다 못해 어수룩해 보인다. 출세와 등용을 기원하는 그림 〈어변성룡도魚變成龍圖〉(물고기가 용이 되는 그림) 앞에서는 피식 웃음이 났다.

개천에서 용 나지 않는다는 오늘의 교육 현실을 들먹이지 않더라도, 누구도 물고기가 용이 되는 기적을 믿지는 않을 것이다. 게다가 용이라고 우기고 있는 이상한 동물의 희화적 표현이라니. 그 기발한 상상력과 어눌한 표현 속에는 행복 바이러스가 있는 듯했다. 행복이란 모두 조금씩 우스꽝스러워지는 일이라던가. 긴장되고 복잡한 시대에 어깨에 힘주고 잔뜩 인상 쓰며 다가서는 우리를 피식 웃게 만드는 힘. 그 생명력이 민화에는 있다.

다 읽지 않았을 것이 분명한 책들이 더미로 쌓여 있는 선비의 책장 풍경, 〈책가도冊架圖〉는 문자 향이 아니라 지적 허영심을 여지없이 꼬집는다. 책을 사기만 하고 읽지 않은 채 죽은 사람이 저승 가서 받는 벌은 '똥통에 빠져 그 책 모두 다 읽는 거'라는 믿거나 말거나 식 유머가 떠올라 슬며시 혼자 웃는다.

그 밖에 효제충신인의염치孝悌忠信仁義廉恥의 〈효제문자도孝悌文字圖〉나 일종의 사당도인 〈감모여재도感慕如齋圖〉는 유교 사회의 규범을 집요하게 강요한다. 가난한 서민들이 조상에 대한 예의로 사당 그림을 그려 봉제사에 대신했다니, 해마다 몇 차례씩 제사상을 차려야 하는 며느리라면 눈이 번쩍 뜨일 영악한 그림이다. 예나 지금이나 개인과 사회의 행복이 언제나 일치하지는 않는 듯하다.

산수화는 사실적이기보다는 몽환적이고, 또 어떤 것은 지도같기도 하다. 아마추어 화가의 서툰 솜씨 탓도 있다지만, 소상팔경도나 금강산이나 별반 다를 것도 없다. '흉중산수胸中山水'랄까, 불국佛國이니 불사국不死國이니 깨알같이 이름을 적어, 가고 싶은 곳을 마음에 담으면 그만이기 때문이다. 이처럼 민화에서 중요한 것은 주제와 상징적 의미이므로, 다시점이니 역원근법이니 화법을 따지는 것 또한 무의미한 일인 듯싶다.

사람은 무엇으로 사는가? 다시 물으려니, 기적 따위는 없다, 감춰진 삶의 왕도 따위도 없다고 민화들은 합창을 한다. 그저 마음속에 행복이라는 산수화 한 장 그린 후, 구석구석에 내 꿈과 소망을 적어 간절하게 최면을 걸어 볼 뿐이다. 사랑, 재물, 건강, 승진, 합격, 자손? 뭔들 바라지 못하겠는가. 그러나 그전에 짚어 볼 것이 꼭 한 가지 있다. 혹 내 속에 욕망이 너무도 많아 행복이 들어설 자리가 없는 것은 아닌지. 마치 건강을 위해 목숨을 아랑곳 않는 불쌍한 건강 중독자처럼 말이다.

까치와 호랑이

우리의 전통 유산인 민화를 체계적으로 수집, 연구,
전시하고 있는 민화의 보고. 2층 건물, 네 개의 전
시관으로 구성돼 있다. 1층에는 조선 후기부터 근대
에 이르기까지 제작된 전통 민화 소장품 4,000여
점 중 200여 점과 고가구 60여 점이, 뒤쪽 2층 건
물 약리성룡관과 일월곤륜관 등에는 공모전에서 수
상한 현대 민화작가들의 작품 등 현대 민화 100여
점이 전시돼 있다. 2층의 19세 미만 출입금지 표시
가 붙은 작은 전시장은 춘화만을 모은 방이다. 전문
해설가의 재미있는 민화 이야기를 들으며 관람하고
민화 체험도 할 수 있다.

조선민화박물관

이용 시간 **10:00~18:00(3~10월), 10:00~17:00(11~2월)**
휴관일 **연중무휴**
관람료 **일반 3,000원, 초중고생 2,000원, 유치원생 1,000원**
　　　 20명 이상 단체 관람 시 500~1,000원 할인

가는 길
버　　스 영월시외버스터미널 → 마을버스(김삿갓 묘역 행) 승
　　　　　차 → 박물관 하차
자 가 용 영동고속도로 만종분기점 → 중앙고속도로 → 제천
　　　　　IC → 38번 국도(영월 방면) → 영월읍내 → 고씨동
　　　　　굴 지나 직진(10km) → 김삿갓 유적지 → 박물관

강원도 영월군 하동면 와석리 841-1번지
033-375-6100~1 www.minhwa.co.kr

비슷한 테마의 다른 박물관
가회박물관 | 서울시 종로구 가회동 11-103번지
　　　　　 02-741-0466 www.gahoemuseum.org

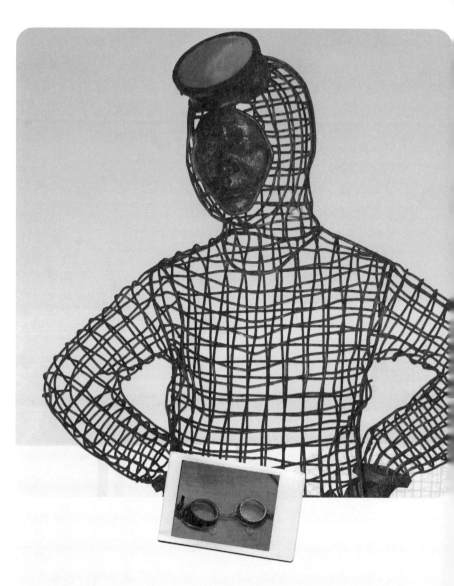

잠수복과 나비

해녀박물관

하필이면 그날, 그것도 오밤중에 수도관
이 터졌다. 부엌 싱크대 밑으로 물이 스미는가 싶더니 어느새 냉
장고와 식탁 밑까지 번지고 있었다. 어디가 문제인지 아무리 들여
다보아도 알 수 없었다. 아파트 관리실에 SOS를 치긴 했으나 밤
12시가 다 되어 가는 터라 당장 어떤 조처도 기대할 수 없었다.

제 방에서 기말 리포트인지 뭔지를 쓰고 있던 작은 딸아이를
급하게 불러내어 양동이를 갖다 놓고 걸레로 훔치고 짜내고를 반
복하는데 남편이 들어왔다. 그날도 '중요한 약속'이 있어서 '간
단하게' 한잔하시고 귀가한 것까지는 좋았는데, 손으로 하는 모
든 일에 서툴러 '마이다스의 손'이라는 별명을 가진 위인께서는
잠옷으로 갈아입더니 기웃거리며 구경만 했다. '남의 편'이라 남
편이라더니, 말도 붙이기 싫었다.

안방에는 병환 중인 시어머니께서 누워 계셨다. 뜻하지 않게
폐암 진단을 받은 것은 한 달여 전이었다. 그동안 어떻게 지냈는
지조차 모르게 정신없이 집과 병원을 오갔고, 첫 번째 항암 치료
를 끝내고 막 퇴원하신 터였다. 치료의 후유증인지 손발이 저리
고 진통이 심해, 가까이 사는 시누이까지 와서 팔다리를 주물러
드리고 있던 참이었다. 북새를 떠는 동안 가스레인지 위에서 눌
어붙어 버린 죽, 젖지 않게 하려고 식탁 위로 뒤죽박죽 올려놓은
그릇이며 집기들의 행색이 영락없이 내 모습 같았다. 몸이 열 개
라도 모자랄 판이었다.

하필이면 그때, 전화벨이 울렸다. 오랜만에 집에 오기로 되어

있던 유학 중인 큰 딸아이가 여차여차해서 비행기를 놓쳤다는 것이다. 숨이 턱까지 차올라 어디에라도 폭발할 곳을 찾던 나는 전화통에다 대고 꽥 소리를 질렀다.

"칠칠맞게 어쩌자는 거야? 알아서 오든지 말든지 네 마음대로 해!"

저도 속상했는지 전화기 저편에서 훌쩍거리는 소리가 들려왔다. 아수라장 같은 요즈음, 온 가족이 선물처럼 기다리던 아이가 아니었던가. 할머니에게는 천금 같은 첫 손녀이자 아빠에게는 야무진 조언자이고, 동생에게는 웬수 같은 짝꿍이자 내게는 친구 같은 상담자인 그 아이는 졸지에 이 모든 일의 화근이라도 되는 듯 비난의 표적이 되었다.

아, 정말 어쩌란 말인가? 갑자기 온 가족이 주렁주렁 달린 혹처럼 느껴졌다. 이상에 혹('ㄹ')이 달리면 일상이라던가, '님'이라는 글자에 점 하나만 찍으면 '남'이라던가. 싫다, 정말 싫다. 그대로 사라지고만 싶었다.

살다 보면 내 힘으로는 도저히 어찌해 볼 도리가 없는 상황과 맞닥뜨릴 때가 있다. 심호흡이 필요하고, 환상이 필요한 순간이다. 환상을 꿈꾸지 않으면 결코 시간은 흐르지 않는다*던가. '잠수복'을 입고도 '나비'를 꿈꾸어야 하는 이유이다.**

잠수복을 입고 나비가 되는 법이라. 가장 손쉬운 방법은 TV 드라마의 세계로 들어가는 것이 아닐까. 그런데 막간을 이용해 채널을 이리저리 돌리던 어느 날, 진짜로 잠수복을 입은 나비를 보았다. 해녀에 관한 다큐멘터리였다. 거동조차 불편해 보이는 여든 줄의 할머니가 물질을 가기 위해 잠수복으로 갈아입고 있었다. 저 나이에, 깡마르고 허리도 못 펴는 저 몸으로 잠수를? 하는 마음으로 조마조마하게 지켜보고 있는데, 어느새 바다로 들어간 할머니는 한 마리 나비처럼 자유롭게 유영하고 있는 게 아닌가.

믿을 수 없는 일이었다. 강팍한 삶이 강요한 노동의 굴레임에 틀림없었던 잠수복. 아이러니하게도 그것을 입자 할머니는 일상이라는 질곡으로부터 해방되는 듯했다. 불가사의해 보이는 이 역설적 장면 앞에서 되묻지 않을 수 없었다. 일상과 이상, 현실과 환상, 그 사이는 얼마나 먼가, 아니 얼마나 가까운가? 얼마 후 나는 잠수복과 나비의 은유를 되씹어 보며 제주 해녀박물관으로 향했다.

제주 구좌읍. 현재 활동하는 해녀 수가 가장 많고, 우리나라 최초의 해녀어업조합이 있었던 곳이며, 일제 강점기에는 경제적 수탈에 항거하는 해녀 항일운동을 주도하기도 했다는 유서 깊은 마을이다. 이승 자식 뒷바라지하기 위해 저승 돈 벌어 와야 한다던 '바당 어멍'의 목소리가 쟁쟁한데, 박물관은 세련된 스쿠버다이버를 연상시키며 내 앞에 다가왔다. 거부할 수 없는 환상의 장막처럼.

먼 옛날 '소중기'(물질할 때 입던 무명 속곳) 차림에 망사리를 옆에 낀 '잠녀'로부터 오토바이로 출퇴근을 하는 오늘날의 신식 해녀에 이르기까지, 수천 년 역사의 해녀 이야기가 그들의 일터인 바다와 함께 펼쳐져 있다. 무명 소중기는 첨단 소재의 잠수복으로 바뀌고, 망사리와 빗창 등의 나잠 기구는 진화를 거듭했다. 또 '불턱'(물에서 나온 해녀가 몸을 녹이던 아궁이)은 현대식 사우나가 되었다. 그러나 시대가 바뀌어도 그들의 일상은 달라지지 않았다. '영등할망'에게 해상의 안전과 풍어를 빌고, 머리와 귀, 코의 통증 완화를 위해 한 움큼씩의 약을 삼키며 그들은 오늘도 어김없이 바다로 나간다. '이엿사나 이어도사나…….' 슬픈 듯 구성진 해녀 노래 속에 오색의 풍어기를 휘날리며.

"여자로 태어난다는 것은 해녀로 태어나는 것이다." "잠수라는 직업을 후회해 본 적도 없고 싫어하지도 않았다." "작으면 작은 대로 크면 큰 대로 받아들이고 물 흐르듯이 순리대로 산다." "바다는 좋기는 한데 어렵다." 무심한 그들의 이야기는 명징한 삶에 대한 정의로 들렸다.

요란한 '해녀 놀이'와 '소중기 패션쇼'로는 결코 담아낼 수 없는 깊고 오래된 일상. 그게 바로 '좋지만 어려운 바다'이고 삶이 아닌가. 어려운 바다! 그래, 올 테면 와보라고, 납덩이를 허리에 두르고 빗창을 든 전사가 되었을 때, 그들은 한 마리 나비가 될 수 있었다. 깊은 바다로 내려갈수록 그들의 자부심도 자유도 깊어진다. 그런데 그것은 환상일까, 일상일까.

해녀상 수상자들의 데드마스크 앞에 서자, 언젠가 '해녀 사진전'에서 본 흑백 사진 속 늙은 해녀의 모습이 섬광처럼 떠올랐다. 검은 바다 위에 얼굴만 동동 떠 있던, 시공을 초월한 그 이미지는 가히 충격이었다. 농담처럼 얹혀 있는 크고 둥그런 물안경 밑으로 이마와 코를 사정없이 할퀴고 지나간 깊은 밭고랑 같은 주름들이 어지러웠고, 바람 빠진 풍선처럼 쪼글쪼글해진 입은 반쯤 열려 있었다.

바람이 스치는 듯, 휘파람 소리가 들리는 듯 내 가슴에 쾡한 울림을 남겼던 사진 ― 이성은의 사진집《숨비소리》― 은 물 위로 막 올라와 마지막의 마지막 순간까지 참고 참았던 숨을 마침내 내쉬는 바로 그 순간의 포착이었다. 찰나와 영원, 삶과 죽음, 현실과 환상의 경계에서 토해 내는 그 소리는 박물관에서 다시 들어 보니 울음소리 같기도 하고 웃음소리 같기도 한 교교한 신음소리였다.

잠수복을 입고 나비가 되기 위해 수십만 번 왼쪽 눈을 깜박거려야 했던 장 도미니끄 보비는 그것이 지난날의 기억과 상상력이 있어야 가능하다고 했다. 그런데 그가 온갖 상상력을 동원하여 기억하고자 했던 것은 거창한 인간 승리의 화려한 순간이 아니라 재기발랄한 일상의 에피소드들이었다. 죽음의 문턱에서 환상으로 되살리고자 한 것이 소소한 일상이라니.

아, 모르겠다. 돌아오는 것은 다시 장자와 나비의 선문답 같은 질문이지만 어쨌거나 일상과 환상은 운명 공동체임이 분명하다. 숨비소리. 그것은 그 일상과 환상 사이에서 침몰하지 않으려는 열렬한 소망이다. 그렇다면 그것은 신음이 아니라 화음이라고 해야 하지 않을까.

어찌어찌하여 나는 다시 고요한(?) 일상으로 돌아왔다. 파이프 교체 공사 끝에 집 안은 정리되었고, 큰 딸아이는 이틀 후 다른 비행기로 무사히 집에 돌아왔다. 시어머니는 고비를 잘 넘기시고 씩씩하게 투병하고 계신다. 나는 오늘도 '귀찮음'이 역력해서 좀 미안했던 저녁 식탁을 후다닥 치우고 드라마 속 환상의 세계로 들어가기 위해 TV를 켠다. 막연한 자유만큼 부자유한 것은 없을지도 모른다는, 《도쿄 타워》의 작가 릴리 프랭키의 말이 옳다고 믿고 싶다.

자유의 냄새를 풍풍 풍기는 곳에는 실은 자유 따위는 없을지도 모른다. 자유 비슷한 환상이 있을 뿐이다. 결국 새장 안에서 하늘을 날기를 꿈꾸며 지금 이곳의 자유를, 이 한정된 자유를 최대한 살려 내는 때가 최상의 자유이고 의미 있는 자유인 것이다.

그래도 나는 여전히 딜레마에 빠질 것이다. 작은 위안이라면, 내 투덜거림과 짜증과 때때로의 절규를 변명하기 위한 비장의 카드를 마련해 놓았다는 것이다. 그건 내 숨비소리라고. 그리고 그건 신음이 아니라 화음이라고.

---

* 터키 소설가 오르한 파묵의 소설 《내 이름은 빨강》 중 한 구절.
** 《잠수복과 나비》는 프랑스의 유명한 패션 잡지 〈엘르〉의 편집장 장 도미니끄 보비가 '록트인신드롬Locked-in syndrome'이라는 희귀병으로 전신마비가 되어 쓴 자전적 에세이다. 유일하게 움직일 수 있었던 왼쪽 눈꺼풀을 수십만 번 깜빡거림으로써 완성한 이 책은 '잠수종과 나비'라는 제목으로 영화화되기도 했다.

바당의 어멍

태왁 하나에 몸을 내맡긴 채 거친 바닷속을 생활 터
전으로 삼아 꿈을 캐던 해녀들의 삶을 들여다볼 수
있는 박물관. 해녀 옷을 입어 보고 물허벅(물을 운반
하는 용구)을 등에 져보는 해녀 체험이 이색적이다.
제1전시실에서는 물질할 때 쓰던 작업 도구와 해녀
들의 의식주를 살펴볼 수 있고, 제2전시실에서는 해
녀 옷의 변천사, 해녀에 대한 전통 문헌기록과 항일
운동을 설명한다. 제3전시실은 바다와 싸우는 어기
찬 어부의 삶과 어로 문화를 재현하고 제주의 대표
민요인 '해녀 노래'도 들려준다. 어린이 해녀체험관
은 가상현실 속 바다를 체험하고 해녀의 삶을 이해
할 수 있도록 꾸며져 있다.

해녀박물관

이용 시간 **09:00~18:00(입장 마감 17:00)**
휴관일 **매월 첫째 월요일**
관람료 **성인 1,100원, 청소년 500원**
　　　 10명 이상 단체 관람 시 성인 500원, 청소년 300원

가는 길
버　스 제주시외버스터미널 → 세화 · 성산 방향 버스 승차
　　　　 → 제주해녀항일운동기념탑 하차(60분 소요)
자 가 용 제주공항 → 제주시외버스터미널 → 1132국도(세
　　　　 화 · 성산 방향) → 박물관(50분 소요)

제주도 제주시 구좌읍 하도리 3204-1번지
064-782-9898 www.haenyeo.go.kr

작별에 대한 예의

쉼박물관

유명을 달리한 사람들이 유독 많은 이상한 한 해였다. 추기경도, 전직 대통령도, 예술가도, 교수도, 배우도 세상을 떠났다. 죽음은 사랑하는 사람도 미워하는 사람도, 존경하는 사람도 원수 같은 사람도 가리지 않았다. 어쩌면 인간은 죽음 앞에서만 평등한 것이 아닐까. 애도하는 방식은 각양각색이었다. 어떤 사람은 애통해 했고, 어떤 사람은 분노했으며, 또 어떤 사람은 망자와의 인연을 들어 끝없이 이야기를 늘어놓았다. 옳네 그르네, 아름답네 추하네 너무 많은 말들이 오고갔다.

특별한 식견도 망자와의 개인적인 친분도 없어 보탤 말이 없었던 나는 문득 어느 한 장면에 눈길이 갔다. 전직 대통령의 운전사가 인터뷰를 거절했다는 짤막한 기사였다. 21년간 파란만장한 세월을 최측근에서 지켜보았다는 그 사람이 말을 하지 않은, 아니 못한 이유에 대해서는 내가 함부로 추론할 입장이 아니지만 어쩐지 그의 애도 방식에 마음이 짠했다.

잘 알려져 있지 않지만 피카소에게는 특별한 친구가 있었다. 아들뻘이 되는 그의 이발사 아리아스다. 스페인 공산당 동지로 만난 적이 있었던 두 사람은 종전 후 발로리스라는 남프랑스의 작은 마을에서 이발사와 손님으로 해후한 후, 피카소가 죽을 때까지 26년간 막역한 친구로 지냈다고 한다. 오래 침묵하고 있던 아리아스가 오스트리아 작가의 끈질긴 설득 끝에 입을 열었다. 마침내 그의 회고에 바탕을 둔 피카소 전기《피카소의 이발사》가 '어느 우정'이라는 부제가 붙어 출간된 것은 세기가 바뀌고 고령이 된 그마저도 세상을 떠날 무렵이었다.

괴팍한 동네 할아버지, 존경받지 못하는 아버지, 연인에게 버림받은 남자, 또 헤어스타일에 얽힌 일화 등 천재에게는 그다지 '중요하지 않아 보이는' 이야기에는 위트가 넘친다. 무엇보다 존경과 사랑이 스며 있는 책을 덮으며, 아리아스가 있어서 피카소는 참으로 행복했겠다 싶었다. 우정은 일방통행이 아니므로 그 반대이기도 할 것이다. '천재'가 아니라 이발사의 '친구' 피카소 이야기는 그만이 할 수 있는 진솔한 고별사였다. 그제야 마음으로부터 피카소를 잘 보낼 수 있게 되었는지 모른다.

'깨닫고 보니 죽음이 가깝다'*던가, '가지고 있는 것을 잃었을 때에야 그것이 무엇인지를 알게 된다'**던가. 죽음에 이르러서야 자신은 물론이고 다른 사람의 존재 의미를 확인하게 되는 것이 인간인가 보다. 비극은 어쩌면 누구나 죽는다는 인간의 숙명이 아니라, 아무리 사랑하는 사람일지라도 한날한시에 죽을 수 없다는 사실이 아닐까. 슬픔은 어쩌면 더 이상 '그'가 이 세상에 없어서가 아니라 했어야만 했던, 하고 싶었던, 못다 한 그 무엇이 '내'게 너무 많이 남아 있기 때문은 아닐까. 애도하고 작별하는 데 긴 시간과 예의가 필요한 이유도 바로 그 때문일 듯싶다. 그렇다면 애도는 떠난 자를 위한 것일까, 남은 자를 위한 것일까.

새삼스럽게 작별과 그 애도의 방식에 대해 생각해 보게 된 것은 상여와 상여 장식 등, 전통 장례 관련 유물들을 전시하고 있는 쉼박물관에서였다. 누구나 통과해야 할 마지막 '문'이라지만 죽음은 여전히 쉽게 말하고 편하게 직면하기 어려운 문제임에 틀림없다. 그러나 피할 수 없다면 즐기라고 했던가. 어차피 거쳐야 할 과정이라면 그것을 축제처럼 보내지 말란 법도 없기는 하다.

연꽃과 봉황을 비롯하여 갖가지 상서로운 상징물들로 화려하게 장식된 상여는 고인의 극락왕생을 비는 아름다운 마음에 다름 아니다. 더욱이 '죽음'에 동행하는 가지가지 유물들은 어느 구석진 골방에 꼭꼭 숨겨져 있는 것이 아니라, 일상의 공간 곳곳에서 당당하게 제 존재를 드러내며 삶과 죽음이 둘이 아님을 일깨워주고 있었다.

그러나 영원한 축제는 없다. 유한한 인생처럼 축제도 언젠가는 끝난다. 무대 위의 화려한 조명이 꺼지고 떠들썩한 관객들이 모두 돌아가면, 주인공도 분장을 지우고 터벅터벅 집으로 돌아가야 할 시간이다. 육신은 묻혔으되, 혼백과 신주는 크고 화려한 상여 대신에 작고 소박한 가마 '요여腰輿'를 타고 집으로 돌아온다.

'재주 있음과 없음 사이'에서, 웃음과 눈물 사이에서, 욕망과 절망 사이에서 부대끼고 번민하던 생을 마침내 내려놓는 순간이다. 떠난 자에게도 남은 자에게도 진정 필요한 것은 모든 번뇌로부터의 온전한 '쉼'일 터이다.

작별은 어쩌면 이제부터가 아닐까. 진정한 작별이란 화려한 조명 아래 서 있는 배우에게 보내는 열렬한 갈채가 아니기 때문이다. 집으로 돌아오는 어두운 골목길, 그 모퉁이 어디에선가 얼마나 기다려야 할지 모르는 그를 오래 기다리는 일이기 때문이다. 그리고 언젠가 그가 나타나면 그저 지친 어깨 위에 가만히 손을 올려 주는 일이기 때문이다. 너무 아름다워서 함부로 말하기 어려운 인생이라면, 너무 사랑해서 그에 대해 차라리 침묵하고 싶다면 그를 보내는 데 아주 긴 시간이 필요할지도 모른다.

아내를 잃은 치매 노인과 아이를 잃은 젊은 여성 요양사의 험난한 치유 여행을 그린 영화 〈너를 보내는 숲〉의 노인 시케키의 독백처럼, 강물은 끊임없이 흐를 뿐 다시는 돌아오지 않는다. 그 깨달음을 위해 '소중한 사람의 죽음을 슬퍼하고 그리워하는 시간'*** 33년이 필요했다. 지난한 여정 끝에 아내를 보내고서야 비로소 그도 '쉼'을 얻는다. 잊어도 잊을 수 없고, 버려도 버릴 수 없는 기억을 햇살 속에, 강물 위에, 바람결에 마침내 허허롭게 날려 보내는 일, 그것이 남은 자의 몫이다.

누군가를 애도하는 데 규칙 따위는 없다. 그러나 당사자가 아니라면 그 시간이 전하는 온기와 행위의 의미에 대해 섣불리 짐작하거나 쉽게 말하지 말자. 그 누구의 것이든 몇 마디 말로 요약될 수 있는 인생은 없기 때문이다. 다만 우리는 모두 누군가 사랑하는 사람을 보내고 남은 자이며, 또 언젠가는 사랑하는 사람을 두고 떠날 자가 아닌가. 내밀하고 고요한 자기 연민만이 우리가 갖추어야 할 작별에 대한 예의인지도 모르겠다.

* 조선 정조 때 문장가 유한준의 묘비명이다.
** 노벨문학상 수상작가 주제 사라마구의 소설 《눈먼 자들의 도시》 중 한 구절.
*** 영화 〈너를 보내는 숲〉의 원제는 '모가리 노 모리(殯の森)'. '모가리'란 일본 고대에 행해졌던 장례 의식의 하나로 망자를 정식으로 매장하기 전에 일정 기간 따로 안치시켜 애도하는 행위 혹은 그 장소를 말한다.

삶과 죽음은 둘이 아니다

서울 홍지마을 고급 주택가, 살림집을 개조해서 만든 전통 상례문화 전문 박물관이다. 박물관 개관 이후 3층은 주거공간으로 쓰고 1층 식당과 2층 침대방도 그대로 사용하고 있어 삶과 죽음이란 주제를 일상에서 느낄 수 있게 하겠다는 설립자 박기옥 고문의 취지와 잘 맞는다. 침실에는 침대 대신 상여가 놓였고, 신발장과 수족관은 유리를 끼워 전시대로 활용되고, 창틀도 전시 선반으로 이용된다. 사람 대신 욕조 안에 자리 잡은 목인木人들이 낯설면서도 재미있다. 야외 정원 한구석에는 카페가 꾸며져 있다.

쉼박물관

이용 시간 11:00~17:00
휴관일 매주 월요일(하계 휴관 7월 25일~9월 1일, 동계 휴관 1월 1일~20일)
관람료 어른 7,000원, 청소년 5,000원, 어린이 3,000원
20명 이상 단체 관람 시 1,000원 할인

가는 길
버 스 상명대 입구 또는 세검정 하차 → 세검정사거리 → 상명대로 올라가는 입구에서 왼편 길로 진입(박물관 표지판 있음) → 홍지문(우회전) → 주택가로 난 길 따라 올라가면 왼편에 위치

서울시 종로구 홍지동 36-20번지
02-396-9277 www.shuim.org

강 깊은 당신 편지

아리랑학교 추억의 박물관

몇 달 전, 정릉에 있는 명창 한승호 선생의 자택을 찾아가던 날, 아리랑 고개를 넘어 일행과 합류하기로 한 장소를 찾는 데 애를 먹었다. 인근에 있는 중학교에 통학하느라 만원 버스를 타고, 혹은 걸어서 3년을 하루같이 넘던 고개라 쉽게 찾을 수 있으리라 방심했던 것이 화근이었다. 강산이 변해도 몇 번이나 변했을 세월을 미처 생각지 못한 것은 아마도 단발머리 시절의 삽화 속에 부패되지 않고 남아 있는 아리랑 고개의 추억 때문이었으리라.

가슴 콩닥거리는 치기와 촌스러운 풋사랑의 상처 따위로 점철되어 있는 나의 아리랑 고개는 나운규가 영화 〈아리랑〉을 찍었던 그 아리랑 고개와는 같지만 다르다. 항일 독립운동가 김산의 아리랑 고개나 연변 시인 이상각이 노래한 아리랑 고개와는 더더구나 같지 않다. 아리랑 고개가 그저 하나의 고개가 아닌 것은 아리랑이 그저 하나의 노래가 아니기 때문이다. 그것은 잃어버린 조국이기도 하고 안타까운 사랑이기도 하고, 꿈엔들 잊을 수 없는 고향인가 하면 고된 일상을 달래 주는 놀이이기도 하다. 밀양 아리랑과 정선 아리랑이 다르고, 독립군의 아리랑과 아우라지 처녀의 아리랑이 다를 수밖에 없는 이유이다.

강원도 무형문화재 제1호라는 '정선 아라리' 만 해도 다 같은 아리랑이 아니다. 흔히 고려 말 충신들이 정선의 거칠현동에 은거하며 고려의 몰락과 자신들의 비애를 담아 부르기 시작한 데서 유래했다지만, 긴 세월 갖가지 애환 속에 불리어 온 정선 아라리는 현재 채록된 것만 해도 천여 가지가 넘는다고 한다. 크게 긴 아리랑과 짧은 아리랑으로 나뉘고, 정선 아라리 기능보유자 김병하(2007년 작고), 유영란 선생이 부른 아라리가 손꼽히지만, 오늘날 정선의 논과 밭에서 자유자재로 불리는 현장의 소리로부터, 최근에 재즈로 리메이크된 공연장의 아라리에 이르기까지 그 정서도 맛도 무척 다채롭다.

> 간다지 못 간다지 얼마나 울었나
> 송정암 나루터가 한강수가 되었소
> 나비 없는 강산에 꽃은 피어 뭣하며
> 당신 없는 요 세상 단장하여 뭣하나
> 앞 남산 살구꽃은 필락 말락 하는데
> 우리 둘이 정이야 들락 말락 하네
> 눈이 올라나 비가 올라나 억수장마 질라나
> 만수산 검은 구름이 막 모여든다
> (덧붙임)아리랑 아리랑 아라리요
> 아리랑 고개고개로 나를 넘겨 주게*

노래라기보다는 '삶의 소리'라고 평가되는 그 아리랑의 원류를 찾아 정선으로 가는 길은 숱한 시인들이 노래한 대로 과연 유장한 절경이었다. 첩첩산중 고개를 넘고, 굽이굽이 강물을 따라 삶이 깊어질수록 그들의 아리랑도 그렇게 깊어졌으리라.

을씨년스러운 함백 폐광촌에 텅 빈 학교가 있었다. '강냉이밥을 먹어도 배워야 산다고 / 소 먹이고 꼴 베던 틈틈이 글을 깨우치던 곳', 그러나 '낭랑한 학동들의 목소리 어디 가고 / 빈 골을 밟고 가는 물소리만 턱없이 크던'* 신동읍 매화분교가 다시 북적이기 시작했다. 아리랑이 울려 퍼지고, '추억'이라는 알록달록한 새 옷도 입었다. 귀향한 진용선 시인이 아리랑의 전승 보존과 교육을 위해 세운 아리랑학교이자, 국내외에서 수집한 1만여 점의 근현대사 자료를 토대로 문을 연 '추억의 박물관'이다.

아리랑의 역사와 의미를 되새겨 볼 수 있는 아리랑 관련 자료를 비롯해, 근대화의 시발점으로부터 일제 강점기, 한국전쟁을 거쳐 1970년대까지 추억의 20세기가 각종 문서와 사진, 시시콜콜한 일상용품 속에 재현되어 있다. 뉴욕타임스 등 해외 언론에도 소개된 바 있는 종이 폭탄 '삐라의 추억'은 분단 시대를 증언하는 아픈 역사인가 하면, '딱지의 추억' 속에는 동그란 딱지 한 장에 목숨을 걸었던 왁자하고 정겨운 동심의 세계가 있다.

교과서, 전과와 수련장, 연필에 침 묻혀 꾹꾹 눌러쓰던 빛바랜 공책, 통지표, 〈선데이 서울〉등, 낯설지 않은 '엄마 아빠 학교 다닐 때' 앞에 서니, 마치 나의 아리랑 고개에서 잃어버린 책가방을 만난 듯 코끝이 찡해진다. 또 우리나라의 상징으로 외국인을 위한 관광 상품이라면 어김없이 등장했던 아리랑, 아리랑들……. 조국 근대화에 여념이 없던 일그러진 시대의 잔편들이 쓸쓸하고 또 안쓰럽다.

크지 않은 박물관을 빼곡히 매우고 있는 시시콜콜한 일상의 흔적들. 화려한 스펙터클이 본질을 미혹하는 세상에, 아무렇지도 않고 예쁠 것도 없는 그때 그 시절 우리들의 맨 얼굴이 이곳에 있다. 자랑할 것도 없지만 부끄러울 것도 없다. 그러나 보잘것없는 어제의 지층들 사이에서 깊고 먼 시간들이 깨어난다. 딱지 한 장의 우정이, 삐라 한 장의 공포가, 태극기 한 장의 조국이, 노래 한 자락의 사랑이 저마다의 아리랑, 아리랑 고개를 추억하게 한다.

한 편의 잘 만들어진 드라마라기보다는 정직한 다큐멘터리에 가까운 박물관이랄까. '찍어다 붙이면 되는 소리'이고 '콩나물 대가리도 없는 노래'가 정선 아라리의 진수이듯이, 어떤 과장도 각색도 없는 삶 그 자체로서의 진정성이 우리의 심금을 울리는 것이리라. 어제의 잡동사니는 오늘의 고고학이다.

과거는 추억하는 자의 몫이라던가. 누군가 그것을 간직하고 기억하는 한 과거는 살아 있다. 잊고 싶은, 잊어서는 안 되는, 혹은 잊을 수 없는 세월을 껴안고 강물은 흐르고, 그 사랑과 상처 속에서 아리랑도 흘러갈 것이다. 그러나 언젠가 또 다른 아리랑 고개에서 숨이 가빠지거나 뭔지 모르게 서럽고 억울한 저녁이 오면, 무심한 듯 아름다운 정선 아라리 한 자락을 기억하게 될지도 모르겠다. 맑은 강 깊은 수심, 높은 산 깊은 골짜기 어디선가 보내온 마음 깊은 당신의 편지인 듯.

* 박세현의 시 '폐교' 중에서.
* 정선 아라리 '긴 아리랑' 중 일부. 덧붙임 부분은 서양의 반복적 후렴과는 달리 가사를 이어가다가 막힐 때 덧붙인다.

그땐 그랬지

폐교된 교실 두 동과 복도를 개조해 2005년 문을
연 근현대사 자료 박물관. 1950년 일본 콜롬비아레
코드에서 한정 제작한 〈아리랑〉 음반, 1958년 중국
연변에서 발행된 잡지 〈아리랑〉 등 아리랑 관련 유
물 4,000점을 비롯해 향수와 추억이 깃든 각종 자
료 총 1만 1천여 점을 소장하고 있다. 이곳에서는
손때 묻은 책과 공책, 딱지, 성적표…… 추억이 담
긴 일상의 모든 것들이 유물이 된다. 신동읍 지역에
서 2,000원 이상 물건을 구매하면 동그란 딱지를
받을 수 있는데 이 딱지가 박물관의 입장권이다. 지
역 물품 팔아 주기 운동의 일환으로 색다른 즐거움
을 선사한다.

아리랑학교 추억의 박물관

이용 시간 10:30~17:00
휴관일 매주 월·화요일
관람료 1,000원

가는 길
버　　스 영월시외버스터미널 → 건너편 정류장에서 함백행
시내버스 승차 → 종점(안경다리) 하차 → 도보
2.5km
기　　차 태백선 예미역 건너편에서 안경다리 마을행 버스 이용
자 가 용 영동고속도로 만종분기점 → 중앙고속도로 → 제천
IC → 38번 국도(영월 방면) → 영월읍내 → 영월역
→ 예미삼거리 421번 지방도로 우회전(함백 방향)
→ 예미역 → 함백역 → 안경다리

강원도 정선군 신동읍 방제1리 162번지
033-378-7856 www.ararian.com

누군들 지금 제 자리가 기꺼울까

안성맞춤박물관

명절이나 제사는 때 빼고 광내는 일로 시작한다. 목욕재계하고 집 안 구석구석 청소하는 일 외에도 중요한 것은 놋 제기를 닦는 일이었다. 부엌 앞마당에 돗자리를 깔고 둘러 앉아 기왓장을 잘게 부순 가루를 짚수세미에 묻혀 제기를 닦던 모습은 이제 사라져 가는 풍경이 되었지만, 그 고된 노동 뒤에 반짝반짝 윤이 나는 놋 제기들이 한쪽에 쌓이면 바야흐로 긴 의식의 막은 올랐다.

쓰고 나면 다시 깨끗이 닦고 말려서 잘 보관한다고 하건만 다음에 꺼내 보면 어느샌가 얼룩덜룩 시간의 무늬가 묻어 있곤 했다. 덧난 상처 같은 시퍼런 녹청이 끼어 있을 때도 있다. 사는 일이란 그렇게 크고 작은 얼룩과 상처를 만들고 또 지우고 하는 일이라고 놋 제기를 닦다가 어머니는 말씀하셨다.

곡절 끝에 결혼이란 걸 하게 되었을 때 어머니는 놋 제기 일습을 챙겨 주셨다. 나는 웬 시대착오적인 발상이냐고 짜증부터 냈다. 처음에는 풍습도 다르고 분위기도 전혀 다른 집안이라는 것이 결혼 반대 이유의 하나였지만, 막상 결혼에 이르게 되자 "단출하고 세련된 도회 사람이니 대소가가 주렁주렁한 우리네랑은 달라 그래도 네가 시집가서 좀 수월치 않겠느냐"며 다행스럽게 생각한 것은 오히려 어머니였기 때문이다. 어쨌거나 내가 그 놋 제기랑 씨름한 지도 스무 해가 넘었다.

식구가 단출하고 없느니만 못 하다는 여우 같은 아랫동서도 없는 것까지는 좋았는데, 시집오기 전엔 늘 어깨너머로 구경만 했던 일이 온전히 내 차지가 되자 책임이 여간 막중해지는 것이 아니었다. 일이 고된 것보다는, 제기를 닦으면서 시어머니 흉도 남편 흉도 스스럼없이 볼 수 있는 질펀한 이야기 마당을 경험해 볼 도리가 없다는 것이 더 쓸쓸한 일이었다. 그러나 자리가 사람을 만든다고, 마음속에서 들끓는 숱한 회의와 갈등에 관계없이 나는 기특한 며느리가 되어 버렸다. 본의 아니게 그렇게 된 후 여태 그런 척하고 사는 건 상당 부분 놋 제기 때문이다.

놋그릇. 구식이지만 쉬 깨뜨릴 수 없는 견고한 무엇이 느껴지는 그 이름처럼, 유기는 끊어질 듯 말 듯 유구한 내력을 자랑해 왔다. 그러나 스텐 등 근대의 신소재에 밀리고, 일본 강점기의 군수 산업을 위한 공출과 유기 사용 금지령 이후에는 퇴보 일로에 있었다고 한다. 구세대의 아련한 추억 속에서 명맥을 유지해 오던 유기가 새롭게 부각된 것은 아마도 근년의 웰빙 열풍으로 영양소 보존이나 항균 효능 등이 알려지면서부터가 아닌가 싶다.

추억이든 호기심이든, 유기에 대해 궁금하다면 안성맞춤인 곳이 있다. 바로 안성맞춤박물관이다. 안성은 유기 중에서도 반가班家에서 맞춤으로 제작해 쓰던 주물 유기로 유명해, 일이나 물건이 생각대로 맞춘 듯 잘 들어맞는다는 뜻의 '안성맞춤'이 유래한 곳이니 박물관 이름도 그야말로 안성맞춤이다.

유기는 놋쇠, 즉 구리를 주성분으로 주석과 아연 등을 섞은 구리 합금 금속을 말하지만 유기라고 다 같은 유기가 아니다. 제작 기법에 따라 방짜, 반방짜, 주물 유기로 구분된다.

가장 질이 좋다는 방짜는 구리 1근(16냥)에 주석 4~5냥을 합금한 놋쇠 덩어리를 불에 달구어 가며 일일이 두드려 만든다. '양반쇠'라고도 불리며 평안북도 납청 유기가 특히 유명하다. 깨지거나 휘지 않는 견고함과 울퉁불퉁한 '손맛'의 아름다움은 무수한 '메질'(두드림)의 결과다. 일명 통쇠, 주물 유기는 주형틀(燔器)에 합금한 쇳물을 부어 찍어 내는 기법으로 만든다. 방짜와 주물 유기의 중간 형태인 반방짜는 주물로 거의 완성된 유기를 마지막 단계에서 두드려, 주로 반상기로 쓰이는 끝이 둥근 '궁그름옥성기'를 만든다. 어느 쪽이든 뜨거운 땀과 긴 노동의 산물이다.

제기祭器를 비롯해, 운라雲羅, 편종編鐘 등의 악기, 좌종坐鐘 등의 불구佛具와 풍경, 반상기, 놋대야, 놋수저 등 일상 용품, 징과 꽹과리, 요강에 이르기까지 유기의 종류는 생각보다 다양하다. 제작 기법, 합금의 비율이나 성형 모양, 두께를 조금씩 달리함으로써 쓰임과 품격이 전혀 다른 유기들이 탄생하였다.

재료 자체로서야 무슨 성속과 귀천이 있으랴마는 누구는 종묘의 제례에서 천상에 소리를 울리는 악기가 되고, 또 누구는 한밤중 배설물을 받아내는 요강의 신세라니. 부질간에서 혹은 가질간에서 똑같이 겪었을 인고의 시간이 더없이 무상해지는 풍경이다.

일제 강점기에는 멀쩡한 제기와 촛대와 대야가 군수 산업을 위해 공출되기도 했다니, 그 유기들은 아마도 누군가를 겨누는 살상의 무기가 되기도 했을 터이다. 그렇다면 잠시 몸을 빌려 머물고 있을 뿐인 지금의 자리가 귀하다고 희희낙락할 일도, 또 비루하다고 비관할 일도 아니다. 환골탈태의 꿈을 품고 그저 각자의 자리와 역할에 충실하며 내일을 기약하고 있을 누군가에게는 바다를 건너 사탕 상자로 변신해 식탁 위에서 사랑받고 있다는 요강의 이야기가 솔깃할 듯하다. 박물관을 나서며 내가 때때로 정성을 다해 닦는 놋 제기가 어쩌면 요강이 될 수도 있었을 것이라는 객쩍은 생각이 들어 혼자 실없이 웃고 말았다.

어김없이, 놋 제기를 닦는 시간은 해마다 몇 차례씩 찾아온다. 그때마다 내 살아온 시간을 돌아보게 된다. 누군들 지금의 제자리가 그렇게 마음에 들까. 또 사는 일이 어찌 늘 갓 닦아 놓은 놋 제기처럼 반짝반짝 윤이 나기만 할까. 내 잘못으로 혹은 본의 아니게 생긴 얼룩이나 상처가 왜 없었겠는가마는, 그래도 이만하게 살아온 것은 그나마 그 얼룩과 상처를 제때제때 잘 닦고 지운 덕분이 아닌가 생각된다.

그게 놋 제기를 챙겨 보내신 어머니의 깊은 뜻이었는지, 아니면 명절이 다가올 때마다 마음을 다스리기 위해 스스로에게 거는 최면인지는 잘 모르겠지만, 놋 제기를 닦는 일은 내게 적잖은 위로가 된다. 이러다가는 나도 딸이 시집갈 때 놋 제기를 슬쩍 넣어주게 되지나 않을지 걱정이 된다. 딸아이 말마따나 정말 걱정도 팔자다.

놋 제기 닦는 날

안성 유기를 테마로 전시하고, 한편으로는 안성의
역사와 문화를 집대성한 곳. 활시위에 활을 장전한
것 같기도 하고 시계추의 모양 같기도 한 박물관
외관은 여러 건축 잡지에서 다룰 만큼 빼어나다. 전
시실은 각 부스 별로 미니어처와 영상 자료를 이용
해 관람을 돕는다. 특히 미니어처로 꾸며진 '유기
닦는 날'이라는 코너는 온 가족이 마당에 나와 놋
제기를 닦는 모습을 시끌벅적한 소리와 함께 재현
하고 있다.

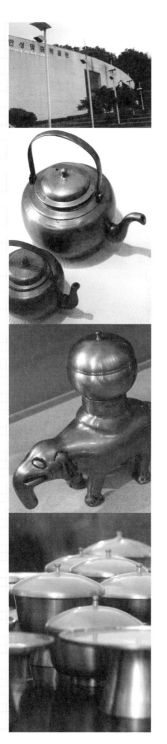

안성맞춤박물관

이용 시간 09:00~18:00(3~10월), 09:00~17:00(11~2월)
휴관일 매주 월요일, 1월 1일, 설날, 추석
       (월요일이 공휴일인 경우 정상 개관, 화요일에 휴관)
관람료 일반 500원, 군경 400원
       30명 이상 단체 관람 시 200원 할인

가는 길
버   스 남부터미널, 강남고속버스터미널 혹은 수원버스터미
       널에서 안성행 버스 승차 → 중앙대 안성캠퍼스 하차
       → 도보 1분
자 가 용 안성IC → 우회전 → 내리사거리 지나 안성시내 방
       향 → 중앙대 안성캠퍼스 정문으로 들어가자마자 좌
       측에 위치

경기도 안성시 대덕면 내리 57번지
031-676-4352 museum.anseong.go.kr

비슷한 테마의 다른 박물관
대구방짜유기박물관 | 대구시 동구 도학동 399번지
053-606-6171~4 artcenter.daegu.go.kr/bangjja
안성마춤유기박물관 | 경기도 안성시 봉남동 7-3번지
031-675-2590 yugi-museum.com

다시, 내 청춘의 플랫폼에서

철도박물관

실향민들께는 좀 미안한 얘기지만,
경의선과 동해선이 삼팔선, 휴전선을 넘어 남북 시범운행을 한다
고 매스컴이 연일 부산스러웠을 때, 나는 그 광경을 조금은 뜨악
하게 지켜보고 있었다. 아마도 북쪽에 전혀 연고가 없을 뿐더러
그 정치적 함의에 대해서도 잘 몰라서였을 것이다. 내게는 오히
려 때마침 개봉된, 현대인의 상처와 관계의 의미를 짚어 본 영화
〈경의선〉이 더 가깝게 다가왔다.

그런데 얼마 후, 시골의 간이역 쉰아홉 곳이 폐쇄된다는 소식
을 들었을 때는 느낌이 사뭇 달랐다. 곧 없어진다는 역의 명단에
내 젊은 날의 한때를 공유한 곳들이 들어 있었기 때문이다. 소백
산맥의 고갯마루에서 숨을 깔딱이며 멈추곤 하던 중앙선의 죽령
역도 있고, 등 굽은 소나무가 달관한 현자의 모습으로 방황하는
젊음을 품어 주던 태백선의 연하역도 있었다.

기차처럼 삐걱거리고 덜컹거리며 달리던 내 청춘의 시간을
지켜보았던 그 공간들이 사라진다고 생각하니 왠지 가슴 한구석
이 싸해졌다. 모르긴 해도 많은 사람들에게 기차는 그저 하나의
교통수단이라기보다는 각자의 내력과 기억 속에 있는 특별한 역
사거나 추억일 것이다.

천지를 진동시키며 나는 새도 미처 따르지 못하던 '화륜거火
輪車'가 서울(노량진)과 인천(제물포)을 달리게 된 것은 1899년의
일이었다. '미카'(황제)니 '파시'(태평양)니 양식 이름표를 달고
우레와 번개처럼 달리고 바람과 비처럼 날뛰던 증기 기관차는 근

대라는 새로운 시간과 공간의 대표 주자였다.

　전쟁이 나자, 보따리를 이고 진 피난민들을 옆구리가 터지도록 꾸역꾸역 태웠던 그 기차는 생명선이기도 했다. 더러는 이산가족이 되고, 또 고아가 되었어도 새날은 밝아 왔다. 내 유년의 기억 속으로 기차가 들어온 것은 모두들 조국의 근대화를 위해 다시 뭉치자며 씩씩하게 구호를 외치던 그 어느 날이었다.

　어머니를 따라 대구와 서울을 왕래하곤 했다. 행선지는 어디라도 상관없었던 어린 내게, 여행의 백미는 늘 삶은 계란과 사이다 혹은 호두과자와 가락국수였다. 그 호사의 대가가 만만한 것은 아니었다. 어머니는 낯색조차 바꾸지 않은 채 몇 년 동안이나 내게 키 큰 다섯 살 아이 행세를 시키셨는데, 그것은 내 생에 처음으로 맞닥뜨린 삶의 부조리 같은 것이었다. 명망이 자자한 양반집 마나님께서 익명의 아낙이 되어 검표원과 승강이하는 장면이야말로 도시 문명화 시대의 명암이 아니었을까.

　일찌감치 서울로 온 나는 어머니가 보여 주신 그 희생적인 교육열에도 불구하고 여전히 어리바리한 촌뜨기였다. 방학이나 명절이면 귀성열차를 기다리는 유학 생활이 시작되었지만, 언제부턴가 고향에, 부모님 곁에 가기 위해 기차를 타는 일은 점점 드물게 되었다. 대신에 치기와 독선, 그 사이사이의 외로움을 때로 주체하지 못해, 엉뚱한 기차에 훌쩍 오르는 일이 더 많아졌다.

　기적 소리만 들어도 왠지 가슴 한구석이 아릿해지고, '대전발 영 시 오십 분'에 목이 메었으며, 낯선 간이역에서 일출을 맞기도 했다. '고래를 잡으러' 밤기차 타고 떠난 여행의 종착지가 정

말로 동해였는지는 기억에 없지만, 그 청춘의 플랫폼들을 밟고
수많은 기차들은 떠나갔다. 그때 그 기차는 더 이상 없다.

밀물처럼 멀어져 간 그 시간, 그 공간이 그립다면 철도박물관
으로 가볼 일이다. 그때 그 기차, 그 역, 그 철길, 그 건널목, 그
신호등, 그 차표 한 장…… 그 속에 그 목소리, 그 해후, 그 이별,
그 꽃, 그 바다가 있을지도 모를 일이므로. 돌이킬 수는 없지만
그 순간들을 기억하고자 하는 것은 어쩌면 오늘에 바쳐진 내 고
단했던 청춘에 대한 예의이기도 할 테니.

1897년 경인철도 기공식 사진으로부터 KTX에 이르기까지의
철도의 역사는 '속도'로 가늠되는 지난 세기의 성과이기도 하다.
그동안 기차는 10배 이상 빨라졌다던가? 각종 철도 설비와 역무
원의 소지품들, 개표기, 검표 가위, 제복과 완장, 기차표들 위에
그들의 일상과 열망이 어른거린다.

열 배의 속도에 바쳐진 무수한 흔적들을 보니 그 단축된 열
배의 시간으로 우리는 그만큼 더 행복했던가, 잠시 망연해진다.
딸의 시신조차 '깃발을 흔들며' 맞이해야 했던 〈철도원〉의 아픔
처럼, 소명이라는 진부한 단어로 위로할 수 없는 것들이 너무 많
다. 내가 할 수 있는 일이란 그저 그것들을 기억해 주는 것뿐.

증기 기관차 '미카3-161'을 비롯해 디젤 기관차, 수도권 전
차, 협궤 열차 등이 마당에 모여 있다. 각각 시대를 주름잡던 기
차들이 박제된 유물로 한자리에 있는 모습은 기이하다. 조금 먼
저 태어났다고, 조금 더 빠르다고, 또 하는 일이 특별하다고 내세

울 일이 아님을 더 이상 달리지 못하게 된 지금에야 알게 되었을
까? 빠르게 달리면서 보지 못했던 것, 서로 못 본 척하며 앞만 보
고 달려온 외로운 세월에 대해서도 이제는 허심탄회하게 이야기
할 수 있지 않을까? 더 이상 기차가 아닌 그들이 비로소 기차의
정체에 대해 성찰하고 있는 듯한 풍경은 일종의 아이러니였다.
깨달음은 언제나 너무 늦게 온다.

'철마는 달리고 싶다'는 그 유명한 철마(복제품)에는 어떤 총
칼이나 이념으로도 멈출 수 없었던 세월의 무상함만이 벌건 녹으
로 남아 있다. 다행인지 불행인지, 이 철마는 이제 방부 보존처리
되었다고 한다. 그러나 진정한 보존이란 물리적인 방부 처리가
아니라 그 시간과 공간의 의미를 잊지 않고 기억해 주는 일이다.

행복한 사람들은 길을 떠나지 않는다지만, 어디선가 달리고
어디론가 떠나는 것이 인생이 아니던가. 다만 '삶의 굽이굽이, 오
지게 / 흐드러진 꽃들을'* 너무 늦지 않게 발견하기 위해서는 때
로 멈춰 서는 일이 필요할 뿐이다. 철도박물관은 정신없이 질주
해 온 우리를 손짓하여 불러 세운다. 건널목에 빨간 불이 켜졌습
니다. 서세요! 라고. 그리고 나직하게 속삭인다. 눈물이 나면 기
차를 타라고. 철길에 앉아 사랑한다고 외치라고. 길이 아니면 가
지 않는다는 기차, 길을 잃을 염려도 없다는 기차가 나는 좋다.

* 송기원의 시 '꽃이 필 때' 중에서.

234

기찻길 옆 박물관

1899년 우리나라 최초로 경인선 철도가 개통된 이래 100여 년의 철도 역사를 일목요연하게 알 수 있는 곳. 한국 철도의 발자취, 철도 개통 연대표, 열차 속도의 변천, 철도 휘장의 변천, 세계 및 한국 최초의 증기 기관차 모형 등 역사유물 자료 400여 점과 사진 자료 등이 전시되어 있다. 열차운행 체험실은 기관차 내부가 실물 기관차와 같게 만들어져 있어 관람객이 직접 기관사석에 앉아 열차 운전을 해볼 수 있다. 또 인기 코너인 파노라마실에서는 실물 열차의 1/87로 축소된 미니 기차가 서울역을 중심으로 도심을 달리는 모습을 볼 수 있다.

철도박물관

이용 시간 09:00~18:00(3~10월), 09:00~17:00(11~2월)
　　　　　폐관 30분 전 입장 마감
휴관일 매주 월요일, 공휴일 다음 날, 1월 1일, 설날·추석 연휴
관람료 일반 500원, 청소년·어린이 300원
　　　　30명 이상 단체 관람 시 200원(사전 예약)

가는 길
지 하 철 1호선 의왕역 2번 출구로 나와 이정표 따라 도보
　　　　　10분 또는 버스 1-1, 1-2번 환승
자 가 용 과천-의왕 간 고속도로 → 경기TG → 의왕시청 방
　　　　　면 도로 → 의왕역 → 박물관
　　　　　영동고속도로 → 부곡IC → 의왕역 → 박물관

경기도 의왕시 월암동 374-1번지 철도교육단지 내
031-461-3610
info.korail.com/2007/kra/gal/gal01000/w_gal01100.jsp

에필로그

버려야 할 삶이란 없다
창경궁, 박물관 100년

동화에서라면 '그들은 마침내 오래오래
행복하게 살았다'로 끝나겠지만, 현실은 '행복했던 그들은 드디
어 결혼했다'로 시작한다. 요즘 말로 '줌마와 저씨'가 된 지 오늘
로 꼭 25년, 돌아보니 미혼으로 기혼으로 정확히 반반씩 살아온
반백년의 세월이다. 아득한 시간이지만, 지나온 순간순간이 또
그렇게 생생할 수가 없다. 몽땅 솎아 내어 갖다 버리고 싶은 서늘
한 시절도 있고, 지우고 싶은 너절한 부분도 한두 군데가 아니다.
남편이라고 다를까마는, 싸울 때마다 나의 단골 레퍼토리는 '내
청춘을 돌려 다오'다. 복원하고 싶은 청춘이라. 그것은 어디쯤의

나, 어떤 모습의 나일까? 그런데 그게 가능하기는 한 걸까?

복원의 열망은 도처에 있다. 창경궁과 청계천이 복원되었고, 경복궁과 숭례문의 복원이 한창이다. 일제 강점기에 단절된 창경궁과 종묘 사이의 옛길이 녹지 공간으로 복원된다는 소식도 있다. 신도 바꿀 수 없다는 역사를 역사가는 바꿀 수 있다던가. 과학이, 학문이 천년의 역사와 민족의 정기를 되살려 낸다니 참 다행이다 싶지만, 마음 한쪽이 아릿해지기도 한다. 지금의 대학로 뒤편에서 성장기의 대부분을 살았던 사람에게는, 그래서 '창경원'이 조금 각별한 사람에게는 창경궁과 율곡로의 복원과 변모가 꼭 옳고 그름의 문제만은 아니다.

벚꽃이 떨어지며 허공에 머무는 시간은 평균 5초라던가. 때마침 덧없이 아름다운 벚꽃 풍경을 배경으로 사랑과 이별을 저릿하게 담아낸 영화 〈사랑 후에 남겨진 것들〉을 보고 온 날, 나도 내 모든 추억과 영영 헤어져야 할 순간이 언젠가는 오리라는 데 생각이 미치자 오래전 창경원의 벚꽃 놀이가 문득 그리워졌다.

학교가 파하기가 무섭게 원숭이를 보러, 꽃구경을 하러, 뱃놀이를 하러, 스케이트를 타러 사시사철 드나들던 곳이 내 어린 시절의 창경원이었다. 행락객들이 들끓는 시끄럽고 냄새 나는 유원지는 벚꽃 놀이가 절정일 무렵이면 아우성도 절정이었다. 안국동에 있던 고등학교에 통학하느라 아침에는 잰걸음으로, 저녁에는 소요하듯 걸어 오갔던 율곡로, 학림다방 근처를 기웃거리며 연애하던 시절의 대학로와 혜화동 일대……. 벚꽃처럼 내 청춘도 그곳에서 피고 또 졌다.

'내 놀던 옛 동산에 오늘 와 다시 서니 / 산천 의구란 말 옛 시인의 허사로고…….' 복원되어 위엄을 되찾은 창경궁은 소박하고 단정하다. 세종대왕이 생존한 상왕 태종을 위해 지었다는 수강궁을 기초로, 성종이 창덕궁의 동쪽에 세운 '동궐東闕' 창경궁은 전화 속에 소실과 재건을 거듭한 왕실의 마지막 집이다.

현존하는 궁궐의 정전 중 가장 오래된 명정전, 사도세자의 비극을 지켜본 문정전, 장희빈의 저주가 서려 있는 통명전, 대장금이 중종을 진료했고, 임오군란 와중에는 명성황후의 가짜 빈전이 차려졌다는 환경전, 정조가 독서실 겸 집무실로 썼다는 영춘헌 등등. 그러나 텅 빈 전각 속에는 무상함만이 가득하다.

1909년 11월 1일. 창경궁은 한일합방을 앞두고 동물원과 식물원, 박물관을 아우르는 어원御苑으로 일반에 공개되었고 곧이어 이름도 창경원으로 개칭되었다. 특히 양화당 등 일부 전각과 회랑에서 도자기와 서화 등을 전시한 것을 근대적 의미의 박물관의 효시로 꼽기도 한다. 일본이 그 중심에 있다는 사실이 우리나라 근대의 비극이자 한계이듯, 박물관도 예외가 아니다.

한편 혜경궁 홍씨가 《한중록》을 집필하며 여생을 마감했다는 자경전 터에는 도서관 겸 박물관이었던 '장서각'이 있었다는 기록이 한 줄 보태져 있다. 하지만 마치 속세를 굽어보던 그 옛날 아테네 산정의 무제이온 언덕인 듯 그곳에 서니 역사가 미처 기록하지 못한 절절한 사연들이 바람 속에 서성이고 있었다.

더 이상 조선 왕실의 보금자리도, 내 놀던 옛 동산도 아닌 창경궁은 15세기의 권력 옆에 17세기의 비극이, 17세기의 저주 옆에 18세기의 위로가, 19세기의 광풍과 20세기의 유희가 기묘하게 공존하는 '세상'이라는 거대한 박물관이었다. 창경궁에 우리나라 최초의 박물관이라는 명예를 붙인다면, 일부 전각에서 왕실 유물 몇 점 선보였던 '제실박물관'이 아니라 저마다의 꽃들로 처절하게 피고 졌던 그 폐허의 자리에라야 마땅하다는 생각이 들었다.

우리가 복원해야 할 것은 한때 찬란했던, 머무르고 싶었던 어느 특별한 순간이 아니다. 지리멸렬한 생의 어느 한 순간도 실은 나의 일부가 아니었던 적이 없다는 것을 깨닫는 일이고, 부정하고 싶은 순간을 외면하기보다는 그 한 순간 한 순간을 위로하고 쓰다듬는 일이다.

봄이 오면 돌담길 옆에서, 낡은 기둥 사이에서 꽃망울들이 터질 것이다. 눈물처럼 후두둑 지고 말 꽃들은 다시, 언제나, 어디서나 피고 또 진다. 지붕을 덮으면 내일의 박물관이 될, 꽃이 진 자리는 저마다 아름답다. 텅 빈 폐허 속에서 가득 찬 생명을 상상할 수 있는 곳, 비루한 역사의 한 귀퉁이에서 빛나는 생의 한 조각을 불현듯 발견하는 곳, 그래서 버려야 할 삶이란 없다는 것을 일깨워 주는 곳, 생의 매순간이 생의 전부임을 깨닫게 되는 곳, 그곳이 박물관이다.

오후 2시의 박물관

1판 1쇄 발행 2009년 12월 22일
1판 4쇄 발행 2015년 8월 30일

지은이 성혜영
사진 한영희
펴낸이 김성구

책임편집 이미현
단행본부 박혜란 박유진 이은정 김민기 나성우 김동규
디자인 여종욱 문인순
제 작 신태섭
마케팅 최윤호 손기주 송영호 유지혜
관 리 김현영

펴낸곳 (주)샘터사
등 록 2001년 10월 15일 제1-2923호
주 소 서울시 종로구 대학로 116 (03086)
전 화 02-763-8965(단행본부) 02-763-8966(영업마케팅부)
팩 스 02-3672-1873 **이메일** book@isamtoh.com **홈페이지** www.isamtoh.com

ISBN 978-89-464-1767-0 03810

이 도서의 국립중앙도서관 출판시도서목록(CIP)은 e-CIP 홈페이지(http://www.nl.go.kr/cip.php)에서
이용하실 수 있습니다.(CIP제어번호: CIP2009003984)

값은 뒤표지에 있습니다.
잘못 만들어진 책은 구입처에서 교환해 드립니다.